KB269503

사랑의 문턱에 선 젊은 미소

징검다리

차례

아름다운 타호

미끈한 차림의 청년이 멜리사에게 손을 내밀었다. 그의 푸른 눈동자는 무척 매력적이었다.

멜리사는 떨리는 가슴으로 그의 얼굴을 올려다보았다. 그의 눈길에서 시선을 떼고 싶지 않았다. 그녀의 작은 상아빛 손을 그가 천천히 끌어당겼다. 멜리사는 가슴이 울렁거렸다.

그는 멜리사의 허리를 부드럽게 감싸 안았다. 그리곤 그녀의 금발 머리에 미친 듯이 얼굴을 비벼댔다.

"멜리사, 두려워하지 말아요. 나는 항상 당신만을 생각할 테니까."

멜리사의 귓바퀴에 뜨거운 입김이 느껴졌다. 그는 멜리사의 턱을 손끝으로 살며시 치켜올렸다. 멜리사는 그의 어깨에 바짝 매달렸다.

그의 입술이 그녀의 입술을 찾았다…….

"휴가를 보내려고 가는 건가요? 아니면 일 때문에 타호에 가는 길인가요?"

옆자리에 앉은 여자가 불쑥 내던진 말 때문에 멜리사의 달콤한 공상은 훨훨 날아가 버렸다.

멜리사 맨체스터는 한숨을 한 번 내쉬곤 옆자리로 고개를 돌렸다. 황갈색 머리칼을 요란하게 퍼머넌트한 여자가 미소를 짓고 있었다.

멜리사도 눈웃음을 보냈다. 나른한 한낮의 몽상은 이제 멀리 달아나고 없었다. 사실 옆자리에 앉은 승객과 잡담을 나누는 것보다 몽상이 훨씬 좋았지만 이젠 어쩔 수 없었다.

"일 때문에 그곳에 가는 것은 아니에요. 그렇다고 휴가를 즐기러 가는 것도 아니구요. 아버지를 만나러 가는 길이에요. 거기서 여름을 보낼 작정이죠."

멜리사는 꿈꾸는 듯한 목소리로 말했다. 그러나 그녀의 가슴에는 아직도 아쉬운 감이 없지 않았다.

옆자리에 앉은 여자의 눈썹이 위로 치켜올라갔다.

"오, 여름 내내 타호에서 보낼 작정이라구요? 그럼 당신의 아버지는 그곳에 사시는가 보군요.”

멜리사는 그녀의 과장된 제스처가 재미있었다.

“그래요. 아버진 그곳에서 살고 있어요.”

“정말인가요? 성함은 어떻게 되죠? 무슨 일을 하고 계시는 분인지 궁금하군요.”

수다스러운 여자였다. 그러나 멜리사는 싫지가 않았다.

“글쎄요. 뭐라고 대답해 드리면 좋을까요? 아버진 그저 그런 일을 하는 평범한 분이에요. 그렇지만 우리 아버지를 싫어한다는 뜻은 아니에요.”

멜리사는 말을 마치고 소리내어 웃었다.

“아, 내 질문이 정확하지 못했군요. 내가 알고 싶은 것은 당신의 아버지가 유명한 분이 아닌가 해서요. 그러면 나도 알 수 있으니까요.”

“아버진 유명인사가 아니에요. 그 지방의 유지도 아니구요. 거기서 카지노를 경영하고 있을 뿐이에요.”

“혹시 그 카지노가 ‘하라’라는 곳이 아닌가요?”

그녀는 멜리사의 대답을 기다리지도 않고 대뜸 언성을 높였다. 기내의 승객들이 다 알아들을 수 있을 정도로 큰 목소리였다.

“오, 그분이 일하고 계신 곳을 알려줘요. 부탁이에요! ‘하라’와 관계가 있는 분을 꼭 소개받고 싶었어요. 그게 나에겐 중요한 의미가 있거든요. 내 이름은 웬디 밀러, 직업은 가수예요. 아, 만일 내가 그 유명한 하라 호텔의 무대에

설수만 있다면! 아! 나는 정말 운이 좋은가봐요.”

멜리사는 자신이 그녀를 들뜨게 만든 것 같아 괜히 미안해졌다.

“저, 실망을 시켜드려서 미안하군요. 아버지는 그곳에서 일하는 것이 아니에요. 아버진 케다스라는 아주 조그만 호텔에 있는 카지노를 운영하고 있어요.”

“오, 케다스 호텔에 대해서도 한 번 들은 적이 있어요. 규모는 작지만 매우 고급스러운 호텔이라고 하더군요. 그렇죠? 그 호텔의 무대를 안 거쳐간 가수는 없대요. 그런 곳에서 노래를 한다는 건 나 같은 여자로서는 생각만 해도 기쁜 일이에요.”

멜리사는 웬디가 가수라는 데 호기심을 느꼈다.

“가수 생활을 한 지는 얼마나 됐나요?”

“5년 정도 됐어요. 그동안 나는 싸구려 술집을 전전하며 노래를 불러 왔어요. 얼마나 천박한 곳이었는지 당신은 아마 믿지 못할 거예요. 요들송 같은 조금 고급스러운 노래를 부르면 마구 야유를 터뜨리는 그런 곳이었어요. 날마다 그런 꼴을 보고 산다는 게 지겨웠어요.”

“그런데도 왜 가수 생활을 계속하는 거죠?”

웬디의 얼굴에 서글픈 기색이 역력했다.

“나는 스물다섯 살이에요. 노래부르는 것을 집어치우면 무엇을 해서 먹고 살아야 될지 막연해요. 재주라고는 노래하는 것밖에 없으니 말이에요. 그리고 또 하나의 이유가 더 있어요. 막연한 생각이지만 언젠가는 나도 행운을 붙잡고 스타가 될 수 있을 것 같은 기분이 들거든요. 난 그렇게 엉터리 가수는 아니니까요. 스타가 되는 것이 내 인생의 목표예요. 그날이 오기까지 무슨 일이든지 할 작정이에요. 그리고 조금은 자신이 있어요."

"당신의 꿈이 빨리 이루어지기를 바라요."

멜리사는 다정하게 말했다. 인사치레로 건넨 말이 아니었다. 웬디가 엄지손가락을 치켜들었다. 멜리사도 살짝 따라웃곤 말을 계속했다.

"이런 말을 한다고 기분 나빠하진 마세요. 무대 일자리를 위해 타호에 간다고 그랬나요? 막연한 기대만 갖고 가는 것은 모험이 아닐까요? 차라리 매니저를 통해 먼저 출연 교섭을 해보는 게 더 낫지 않을까요?"

"매니저라구요? 아하, 그건 웃기는 일이에요. 그 쓰레기 같은 자식……. 어쨌든 난 그 자식에 대해선 깨끗이 잊어버리기로 했어요. 지난 5년 동안 내가 싸구려 무대들을 찾아다니며 노래를 불러야 했던 것은 순전히 그 자식 때문이었어요. 지난주 나는 매니저와 갈라섰어요. 나는 이제 내 스스로 일거리를 찾아볼 거라구요. 그 자식이 얻어 주는 것보다 더 좋은 무대를 얻어낼 자신이 있다구요. 나는 어떤 난관도 극복할 각오가 되어 있으니까요."

웬디는 주저없이 자신의 매니저였다는 사내에 대해서 험담을 늘어 놓았다.

멜리사는 고개를 끄덕였다. 그녀의 말이 거짓은 아닌 것 같았다.

"정말 당신이 행운을 얻기를 바라겠어요."

"그러나 나는 행운보다도 당장 더 급한 게 있어요."

웬디는 멜리사 쪽으로 완전히 몸을 돌렸다.

"누가 나에게 노래부를 기회를 준다면……. 바로 당신 아버지 같은 분이죠. 그분은 '하라'의 사람들을 알고 있지 않겠어요? 물론 케다스 호텔의 무대 담당자도 잘 알고 있을 거구요. 그러니 당신 아버님이야말로 지금 나한테 당장 필요한 분이에요."

웬디는 은근히 멜리사의 대답을 재촉하고 있었다. 그러나 멜리사는 짐짓 모른 체했다. 웬디를 아버지에게 소개시키더라도 아버지가 귀찮아 할 것 같지는 않았다. 멜리사의 아버지는 멜리사가 친구를 초청하면 언제나 환대하는 버릇이 있었다. 멜리사는 길게 한숨을 내쉬었다. 타호에서 보내기로 한 올 여름이 갑자기 두려워졌기 때문이다.

지금쯤 볼티모어에서 여름 휴가를 즐기고 있을 어머니의 얼굴이 눈앞에 아른거렸다. 의붓아버지와 배다른 형제들의 얼굴도 얼핏얼핏 스쳐 지나갔다.

멜리사는 어머니와 아버지가 헤어진 이후 줄곧 여름이면 네바다로 왔었다. 지난해까지만 해도 아버지가 직접 데리러 왔었다. 그러나 올해는 참으로 네바다에 오는 것이 싫었다. 그렇지만 어쩔 수 없는 일이었다. 의붓아버지와 어머니를 따라 볼티모어에 가는 것은 더욱 싫었기 때문이다.

멜리사는 여름 방학 동안 그냥 학교에 남아 있고 싶었다. 네바다 행을 피하기 위해서 계절학기를 신청하려고 아버지에게 연락했지만 아버지의 성화는 열화 같았다. 결코 여름 학기에 드는 돈을 보내주지 않겠다는 것이었다.

멜리사는 아버지가 왜 매년 여름을 자기와 함께 보내려 하는지 이해할 수 없었다. 막상 네바다의 타호에 있는 집에 가도 아버지는 그녀에게는 별로 관심을 기울이지도 않았다. 아버지의 관심은 여름 방학이면 집에 돌다와야 한다는 사실 그 하나뿐인지도 몰랐다. 타호의 호반에 위치한 집에 머무를 때 멜리사를 돌봐주는 것은 마리라는 가정부였다. 멜리사가 겨우 세 살되던 해 어머니와 아버지는 헤어졌다. 현재 멜리사의 호적은 의붓아버지의 호적에 올라 있었다. 어머니는 어린 멜리사를 데리고 개가를 한 것이다. 의붓아버지는 멜리사를 조금도 소홀하게 대한 적이 없었다. 언제나 세심하고 자상한 배려를 아끼지 않았다. 그러나 멜리사의 친아버지 브라이스 데러코데 씨는 아버지의 권리를 포기하려고 들지 않았다. 멜리사가 대학을 다니면서 금전적으로 도움을 받은 것은 친아버지였다. 또 그것은 어머니 쪽에서는 전혀 눈치재지 못하고 있는 비밀이었다.

브라이스 씨는 태어날 때부터 도박꾼이었다고 어머니는 늘 입버릇처럼 얘기하곤 했었다. 게다가 브라이스 씨의 손은 트럼프를 다루는 재주 외에도 여자를 다루는 데 천재적인 재주를 타고났다는 것이 어머니의 푸념이었다.

그러나 멜리사는 어머니처럼 관대한 아량으로 아버지를 받아들일 수 없었다.

멜리사는 아버지를 사랑하고 있었지만 존경하지는 않았다. 아버지의 인생관과 살아가는 스타일이 도무지 마음에 들지 않았기 때문이었다. 아버지는 가정이나 어머니보다 도박을 더 사랑하는 사람이었다.

이런저런 복잡한 이유로 그녀는 웬디에게 아버지를 소개하고 싶지 않았다.

멜리사는 시선을 비행기의 창밖으로 돌렸다. 웬디의 강렬한 시선이 따라오는 것 같아 목덜미가 따끔거렸다.

비행기는 지금 막 구름 속을 헤치고 아래로 내려가고 있었다. 안전 벨트를 착용하라는 기내 방송이 울렸다. 라스베이거스 상공을 선회하고 있는 중인 것 같았다.

타호 호수의 정경이 그림처럼 한눈에 들어왔고 콜로라도 강과 시에라 네바다 산맥의 모습도 눈에 익었다.

타호 호수는 네바다 주와 캘리포니아 주의 경계를 이루는 시에라 네바다 산맥의 한 골짜기에 위치하고 있었다. 멜리사는 그 짙은 사파이어 빛깔의 호수가 이 세상에서 가장 아름다운 곳이라고 생각했다. 울창한 산림에 둘러싸인 타호 호수는 보석처럼 영롱하게 빛났다.

타호 호수 주변에는 그림같이 예쁜 통나무 오두막집과 자그마한 호텔들이 드문드문 자리잡고 있었다. 멜리사는 흰 눈이 덮인 타호 호수의 모습을 상상해 보았다. 타호의 스키장은 미국에서도 손꼽히는 곳이었다.

그러나 지금은 초여름이었다. 푸른 목초지는 노란 들꽃들이 온통 수를 놓고 있을 것이다. 잔설이 아직 남아 있을 산록지대의 공기는 얼마나 청명할까! 멜리사는 아버지와 크리스마스 휴가를 타호 호반에서 함께 지내는 것이 더욱 멋있을 것 같았다. 아직까지 겨울엔 타호에 와본 적이 없었기 때문이다.

비행기가 부드럽게 활주로에 내려앉았다.

멜리사는 가방을 찾는 곳으로 갔다. 콘베이어 벨트 위로 실려나온 여행용 백을 집어 들었다.

그때였다. 웬디 밀러가 소리를 지르며 멜리사에게로 다가왔다.

"공항 근처에서 값싼 호텔을 찾아보려고 나서던 참이었어요. 그러고 나서 일자리를 얻으러 누군가를 만나볼 계획이에요. 무대와 관계 있는 사람을 쉽게 만날 수 있을지 모르겠군요. 그럴 수 있다면 만사가 순조롭게 해결될텐데……."

웬디는 비행기 안에서처럼 명랑해 보이지는 않았다. 멜리사가 그녀의 은근한 요구에 아무런 반응도 보이지 않자 웬디는 머쓱한 표정을 지었다.

"당신과 작별 인사를 하고 싶었을 뿐이에요."

멜리사는 측은한 생각이 들었다. 그러나 웬디를 아버지

에게 소개해 주고 싶지는 않았다.

"행운을 빌겠어요. 웬디."

멜리사는 그렇게 말할 수밖에 없었다.

"그래요, 최선을 다할 생각이에요. 그런데 당신의 이름은 뭐죠? 나는 비행기 안에서 이름을 알려드렸잖아요?"

웬디의 목소리는 무척 사무적이었지만 그녀의 눈웃음은 천박해 보였다. 교활한 여자일지도 모른다고 멜리사는 생각했다. 멜리사는 마지못해 자신을 소개했다.

"그럼 안녕히 가세요, 멜리사 양. 언젠가 케다스에 들를지도 모르겠군요. 안녕!"

웬디는 작은 손을 흔들었다. 열 손가락에 모두 반지가 끼어져 있었다. 공항의 출구를 빠져나가는 웬디의 걸음걸이는 활기에 차 있었다. 멜리사는 저절로 웃음이 나왔다.

멜리사는 그녀가 왜 자신의 이름을 알고 싶어했는지 충분히 짐작할 수 있었다. 그것은 아버지 때문이었을 것이다. 만일 그녀가 케다스에 와서 나의 이름을 들먹인다면 아버지를 설득할 수 있을 가능성은 얼마든지 있다. 그래서 호텔의 무대에 서는데 결정적인 도움을 받을지도 모른다. 아버지는 육감적인 여자라면 사족을 못 쓰는 사람이니까.

가방을 챙긴 멜리사는 항공사의 리무진 버스를 타기 위해 서둘렀다. 케다스까지 운행하는 무료 셔틀 버스에는 승객이 고작 서너 명뿐이었다. 멜리사는 뒷자리로 가서 앉았다.

차창 밖의 풍경은 무미건조하기 짝이 없었다. 고속도로

인터체인지를 벗어나 네바다로 통하는 국도로 접어들자 즐비한 카지노 건물들이 눈에 들어왔다.

멜리사는 지금까지 트럼프를 만져본 적이 없었다. 심심풀이로 하는 포커 놀이에도 끼어들고 싶은 마음이 없었다. 관광객들을 유혹하는 카지노의 휘황한 간판들의 요란한 환대에 아무런 감흥도 느낄 수 없는 멜리사였다.

멜리사는 여전히 차창에서 시선을 떼지 않았다. 고층 건물들이 아름다운 타호의 자연경관을 해치고 있다는 생각이 들었다. 타호의 남쪽 기슭에는 현대식 건물들이 아직 들어서지 않아서 시야가 훤히 트여 있었다. 청명한 호수는 눈이 부실 정도로 햇살을 받아 반짝거렸다.

멜리사는 마치 타호에 처음 온 사람처럼 차창 밖에 전개되는 장관에 넋을 잃고 있었다. 시에라 네바다 산맥의 정상은 아직 눈에 덮여 있었다.

버스는 히말라야 삼목들이 열을 짓고 서 있는 비탈길을 내려갔다. 푸른 잔디밭이 끝없이 펼쳐진 골프장도 무척 인상적이었다.

이윽고 우아한 케다스 호텔이 자태를 드러냈다. 크림빛으로 칠해진 목조 3층 건물이었다. 창문마다 나 있는 발코니가 매우 고풍스러운 멋을 자아냈다.

멜리사는 담담한 기분으로 버스에서 내렸다.

상상 속의 남자

멜리사는 양손에 가방을 들고 호텔로 들어섰다.

카지노 입구에는 붉은 카펫이 깔려 있었고 벽 쪽은 황금빛 무늬의 벽지에 무겁고 칙칙한 빛깔의 가구들로 장식되어 있었다. 그리고 벽면에는 슬롯 머신들이 빽빽이 놓여 있었다. 멜리사는 그런 것들이 좀더 조화를 이루었으면 싶었다. 대낮이었지만 슬롯 머신 앞에는 사람들이 빈곳 없이 앉아 기계와 씨름을 하고 있었다.

멜리사는 프론트로 걸어가며 기계와 씨름하고 있는 사람

들의 탐욕스런 시선과 부딪치지 않으려고 애썼다.

　카지노에 출입하는 고객들을 체크하는 사무원은 낯선 사람이었다. 멜리사는 그 사람의 책상 앞으로 다가가서 자신이 브라이스 데러코데 씨의 딸이라고 밝혔다. 그는 뜻밖이라는 듯 가벼운 탄성을 올리며 재빨리 멜리사의 가방을 받아들었다.

　멜리사는 꼿꼿하게 머리를 치켜들고 로비를 가로질러 카지노로 들어섰다.

　요란한 소음과 함께 매캐한 담배 연기가 코를 자극했다. 유리 술잔이 맞부딪치는 소리가 섞여 나왔다. 각 테이블마다 도박사들이 가득 둘러앉아 있었다. 그들 사이를 뚫고 아버지의 사무실 문 앞에 이르른 멜리사는 잠시 걸음을 멈추고 호흡을 가다듬었다.

　화려한 청동제 손잡이를 움켜쥔 채 멜리사는 뒤를 돌아다 보았다. 사람들은 모두 도박에만 정신이 팔려 있었다. 어떻게 하면 저렇게 심각한 표정들을 연출할 수 있을까? 도무지 이해가 가지 않았다. 멜리사의 표정이 조금씩 일그러졌다.

　카지노 사무실에는 황금빛 카펫이 깔려 있었다. 방 한쪽 구석을 온통 차지한 큼직한 나무 책상에는 낯선 얼굴이 앉아 있었다. 멜리사가 신분을 밝히자 그 사람은 신속한 동작으로 전화기를 집어들었다.

　"아니, 제시에게 연락하지 마세요."

멜리사는 낮은 소리로 말했다. 그녀는 책상 옆으로 나 있는 문으로 다가섰다. 그리고 한손으로 손잡이를 잡고, 또 한 손은 살며시 입에 갖다대어 보였다.

"나는 제시를 놀라게 해주고 싶어요."

제시 휘트니는 10년 동안이나 아버지의 비서로 일해 온 여자였다.

멜리사는 소리없이 문을 열고 들어섰다. 매우 화려하게 꾸며진 방이었다. 바닥에는 사치스러운 상아빛 융단이 깔려 있었으며 창에는 푸른색 커튼이 드리워져 있었다.

제시 휘트니는 신문을 보고 있었다. 멜리사는 아무 말 없이 한동안 그녀를 바라보았다.

제시는 아버지가 결혼 생활을 청산한 이후 최근까지 계속 가까이하고 있는 여자였다. 어쩌면 아버지에게는 그녀가 좀 과분한 여자인지도 몰랐다. 제시는 30대 후반이라고는 생각되지 않을 만큼 아름답고 젊어 보였다. 또 그녀의 외모에 못지않은 개성미는 제시를 더욱 돋보이게 했다.

제시는 문득 고개를 들다 문 앞에 서 있는 멜리사를 발견하곤 무척 놀라는 표정이었다. 제시는 활짝 웃으며 멜리사를 반겼다.

"아, 멜리사! 우린 네가 언제 도착하는지 정확한 시간조차 모르고 있었구나."

제시는 자리에서 일어나 서둘러 멜리사에게로 다가왔다. 그리곤 가볍게 껴안았다. 그녀는 멜리사의 볼에 다정하게 키스를 하며 잔잔한 목소리로 말했다.

"정말 반갑구나. 이렇게 달라진 모습이라니! 길게 늘어뜨린 금발 때문에 나는 누군가 했지. 작년보다 무척 어른스러워진 것 같은데?"

"헤어 스타일을 좀 바꿔보고 싶었어요. 이젠 하이틴처럼 하고 다니는 데는 싫증이 났거든요."

멜리사는 장난기 섞인 목소리로 말했다.

"그래, 이젠 아름다운 숙녀가 다되었구나. 브라이스가 널보면 깜짝 놀라고 말 거야. 네 성숙한 모습에⋯⋯."

제시는 얼굴 가득 미소를 지었다.

멜리사는 자신이 만일 장난감을 흔들며 기저귀를 차고 타호에 왔다면 과연 아버지가 어떻게 나올 것인지 궁금해졌다. 그러나 제시에게 그런 농담을 하고 싶지는 않았다.

제시는 틀림없이 아버지가 멜리사를 알아보았을 것이라고 주장할 것이다. 제시는 아버지의 약점을 감싸주는 데도 익숙한 비서였으니까.

멜리사는 제시와 아버지의 사랑이 불장난이라고 생각해 왔었다. 자신이라면 그런 비현실적인 사랑에는 빠지지 않을 것이라고 확신하고 있었다.

제시는 과거에 사랑하는 남편과 두 명의 자녀를 가진 여자였다. 그렇기 때문에 제시가 아버지에게서 마음의 평온을 찾는다는 것은 불가능한 일이라고 생각해 왔다.

"이번 여름에는 어쩌면 당신을 못 만날지도 모른다고 생각했었어요. 사실 나는 당신이 여기를 떠나는 것이 최선의 길임을 믿어 왔거든요. 그건 당신을 위한 것이에요."

멜리사는 떨리는 목소리로 말을 마쳤다. 그러나 제시 휘트니의 얼굴에는 조금도 당황하는 기색이 없었다. 오히려 웃으며 말하는 것이었다.

"멜리사가 나를 쫓아내려 한다는 것은 전혀 몰랐던 사실인데? 나는 네가 나를 좋아하고 있다고 생각해 왔어."

"당신이 아버지와 헤어져야 한다는 말은 당신을 좋아하기 때문에 한 말이에요. 당신도 잘 알잖아요? 왜 내가 그런 생각을 하는지 말이에요. 당신은 이곳에서보다 더 행복하고 아름다운 생활을 찾아야만 해요."

멜리사는 자신의 마음을 조리 있게 표현할 능력이 아직 없었다.

"지금 생활에 불만은 없는걸. 나는 정말 행복해. 맹세할 수 있어."

제시는 단호하게 말했다.

"믿을 수 없어요, 제시. 나는 알고 있다구요. 당신이 스물여덟 살 때부터, 아버지와 함께 일을 하면서부터 줄곧 아버질 사랑하고 있었다는 것을요. 그리고 지금은 헤어질 수 없는 지경에 이르렀다는 것까지도. 아버지 역시 당신을 사랑하고 있다고 굳게 믿고 있는 거죠. 또 아버지가 다른 여자들한테 관심을 가져도 당신의 사랑은 변하지 않았어요. 작년 여름 내가 여길 왔었을 때 마리 아주머니가 모든 걸 얘기해 주었어요. 그리고…….”

“마리는 허풍쟁이야.”

제시는 어깨를 곧추세우면서 멜리사의 말을 가로막았다.

“마리는 나와 브라이스의 관계에 대해서 아무것도 몰라. 우리들 사이에 일어났던 일은 모두 먼 과거의 일이야. 마리는 그 과거를 다시 들출 권리도, 브라이스가 내게 고통을 안겨다 줬다고 말할 권리도 없는 사람이야. 마리는 괜히 쓸데없는 말을 해서 너의 속을 뒤집어 놓은 것뿐이라니까. 브라이스는 내게 그렇게 대한 적이 없었다. 너도 알잖아. 내가 브라이스를 처음 만났을 때 나는 뒤가 옳고 그른지를 충분히 판단할 수 있는 나이였어. 그러니 제발 마리가 한 얘기를 잊어 줘. 나에 대한 염려는 필요없으니까 말이야.”

“그러나 나는 그럴 수 없어요. 아버지 같은 남자를 위해서 당신이 자기 자신을 희생한다는 것이 싫어요. 당신은 아름다운 사람이에요. 이제라도 늦지 않았어요. 당신은 진실한 사람을 만나서 행복한…….”

“멜리사는 이제 남에게 충고해 줄 줄도 아는구나. 외양만 어른스러워진 것이 아니라…….”

제시는 언성을 높였다. 그러나 곧 목소리를 낮추고 계속 말했다.

“이런 얘길 해서 미안해, 멜리사. 그러나 브라이스에 대해선 더 이상 얘기하고 싶지 않아.”

　"제시, 왜 당신은 아버지 같은 남자를 위해서 귀중한 삶을 허비하는 거죠? 아버지의 성격은 당신도 잘 알잖아요. 아버지의 버릇은 못 고쳐요. 그래도 당신은 여전히 아버지를 사랑하고 있나요? 나는 당신이 어떻게 10년 동안이나 참아 왔는지 모르겠어요 당신의 눈으로 아버지가 수많은 여자들과 염문을 뿌리고 다니는 것을 똑똑히 보았잖아요. 어떻게 그런 것을 참고 견디어 왔죠?"

　멜리사의 고집도 만만치 않았다. 제시는 씁쓰레하게 웃었다.

　"너는 한 번도 사랑을 해본 적이 없을 거야. 그렇지 않니, 멜리사? 너도 언젠가 한 남자를 만나 사랑을 하게 될 거야. 그때는 조금이라도 내 마음을 이해할 수 있게 되겠지. 사랑이란 것은 수도 꼭지처럼 간단히 잠글 수 있는 것이 아니야. 쉽게 잊혀지지도 않는 것이고……. 브라이스를 잊어 보려고 노력도 많이 했었어. 정말이야."

　"충분한 노력은 아니었겠죠. 당신이 여길 떠난다면……."

　멜리사는 제시의 손을 잡고 진지하게 말했다.

　"난 결코 브라이스 곁을 떠날 수 없어. 그에겐 내가 필요하거든. 거짓말이 아니야, 멜리사. 너는 내 말을 믿지 못하겠지. 하지만 브라이스가 나의 변함 없는 사랑을 깨닫지 못한다 해도 나는 그를 원망하지 않을 거야. 너의 아버지는 네가 생각하는 것처럼 그렇게 냉정한 사람이 아니야.

브라이스는 따뜻한 정감을 지닌 사람이야. 단지 그는 그것을 밖으로 표현할 줄을 모르는 거라구. 나는 결코 그의 곁을 떠날 수 없어. 어떤 사람이 자기를 필요르 하고 있는데 떠난다는 것은 불가능한 일이야. 너도 언젠가 사랑에 눈뜨게 되면 나의 마음을 이해할 수 있게 될 거으, 멜리사.”

“나는 사랑 따위에 빠져서 허우적거리지는 않을 거예요.”

멜리사는 혼잣말처럼 중얼거렸다. 마치 넌더리가 난다는 표정이었다.

“아버지는 사랑을 받을 줄만 알지 베풀 줄은 모르는 사람이에요. 만일 내가 누굴 사랑하게 된다면 아버지 같은 사람은 결코 아닐 거예요. 나는 마음을 평온하게 만들어 주는 남자를 선택할 거예요. 그런 남자를 만나지 못하면 난 결코 사랑 따윈 하지 않을 거예요.”

제시는 머리를 흔들었다.

“너는 아직 어려. 사람의 일이란 그렇게 마음대로만 되지는 않는 거란다. 사랑은 아주 우연하게 이루어지곤 하지.”

“아녜요. 나는 결코 그렇지 않을 거예요. 난 아버지 같은 남자들은 싫어요. 그런 남자들이 다른 여자들을 놀릴 수 있을지 모르지만 내겐 해당되지 않아요. 어림없어요.”

멜리사는 자신 있게 말했다.

그때 갑자기 방문 열리는 소리가 났다. 멜리사는 얼른

그쪽으로 고개를 돌렸다가 흠칫하고 몸을 움츠렸다. 문 밖에는 아버지가 잘생긴 금발 머리 여자의 허리를 껴안고 서 있었다. 그러나 아버지는 아직 멜리사가 와 있다는 것을 알아채지 못하고 있었다.

멜리사는 옆눈으로 흘끔 제시를 훔쳐보았다. 제시는 시선을 발치에 떨구고 있었다. 이런 장면에는 꽤 익숙한 모양이었다.

마침내 멜리사를 발견한 그녀의 아버지는 금발 머리 여자를 문 밖에 떼어 놓고 방으로 들어오면서 어색한 표정을 지었다. 브라이스 씨는 멜리사의 뺨에 가볍게 키스를 했다.

"무사히 도착해서 반갑구나. 여행은 즐거웠냐?"

그는 담담하게 물었다. 멜리사는 고개를 끄덕였다.

아버지는 눈가에는 지난해보다 주름살이 더 늘어난 것 같았다. 그러나 갈색 머리칼에 빛나는 푸른 눈동자를 가진 아버지는 매력적인 중년 신사였다. 어떤 여자라도 냉정하고 절도 있는 그의 행동에 끌리지 않을 수 없을 것 같았다. 멜리사도 그 점은 인정하지 않을 수 없었다.

"멜리사가 무척 예뻐졌죠? 작년보다 한결 어른스러워진 것 같지 않아요, 브라이스?"

부녀 사이에 거북하게 흐르는 침묵을 깨고 제시가 말을 꺼냈다.

"이젠 숙녀가 다되었구나, 멜리사!"

그는 말을 마치고 문께로 고개를 돌렸다. 아직도 금발 머리 여자가 거기에 서 있었다.

"좀더 연습을 해야 되겠어. 그렇지 않소? 당신에겐 연습이 필요하다구. 어제 저녁 무대에서 당신은 너무 실수가 많았어."

"알겠어요, 브라이스. 그런데 내겐 당신의 예쁜 딸을 소개시켜 주지 않을 작정이에요?"

금발 머리 여자는 조금 토라져 있었다.

"그건 나중에 하고……. 당장 시급한 것은 연습이오. 어서 가라구. 오늘 밤 무대도 그르칠 셈이오?"

브라이스 씨는 신경질적인 목소리로 말했다. 그 여자는 샐쭉한 얼굴을 하고 금발 머리를 쓸어 올리며 등을 돌렸다. 브라이스 씨는 잠자코 서서 턱을 쓰다듬고 있었다.

다시 어색한 웃음이 브라이스 씨의 얼굴에 나타났다.

"곧장 집으로 갈 거냐? 그렇지 않으면 나를 좀 도와 줬으면 좋겠구나. 오늘 여종업원이 두 사람이나 결근을 해서 일손이 모자라거든. 어떠냐? 네가 괜찮다면 말이다, 아빠를 도와 주겠니?"

멜리사는 아버지가 눈치채지 못하게 한숨을 내쉬었다. 브라이스 씨는 그녀가 나타나면 꼭 심부름을 시키려고 들었다. 그녀가 카지노에 오는 게 싫지 않은 모양이었다. 작년 여름에도 이런 일이 두 번이나 있었다.

멜리사는 단 10분도 이곳에 머물러 있고 싶지 않았다.

그렇지만 아버지의 은근한 명령도 거역할 수 없는 노릇이었다. 멜리사는 그렇게 하겠노라고 고개를 끄덕였다.

그러자 대뜸 브라이스 씨가 말했다.

"네 옷차림은 흡사 학교 선생님 같구나. 방 안이 더우니까 그 재킷은 벗는 게 좋지 않겠니? 그런 다음 밀실에 음료수를 좀 날라 주렴. 알겠니?"

"밀실은 어떻게 돼 가고 있나요? 그 사람들은 밤을 새우지 않았나요? 언제쯤 끝날 것 같아요?"

제시가 책상으로 가서 앉으며 브라이스 씨에게 물었다.

"곧 끝나게 될 거야. 우리의 젊은 석유 재벌께선 직업 도박사가 아니니까 말야. 존슨은 얼마 안 있어 석유 재벌의 속옷까지 벗겨 버리고 말걸."

멜리사는 재킷을 벗어 걸고 사무실을 나왔다. 그리 좋은 기분은 아니었다. 그녀는 주방으로 가서 쟁반에 네 개의 유리컵을 받쳐들고 호화롭게 꾸며진 밀실로 들어갔다. 아버지의 사무실 옆방이었다.

왜 아버진 내가 이 사람들을 접대하는 데 옷차림까지 신경쓰는 걸까? 내가 푸대 자루를 걸치든, 화산재를 뒤집어쓴 차림이든 그게 무슨 상관이람? 멜리사는 도박꾼들이 게임 이외의 다른 일에는 신경쓰지 않는다는 것을 알고 있었다. 그러니 멜리사의 옷차림 따윈 아무런 상관도 없는 것이 아닌가?

예상했던 대로 멜리사가 밀실의 문을 열고 들어섰지만

누구 하나 시선을 돌리는 사람이 없었다.

방 한가운데 놓여진 둥근 테이블에는 다섯명의 남자가 둘러앉아 눈에 핏발을 세우고 있었다. 멜리사는 경멸의 눈초리로 한 사람씩 둘러보았다. 모두들 한결같이 고급스러운 실크 와이셔츠 차림이었다. 넥타이는 전부 느슨하게 매고 있었고, 와이셔츠 단추도 한두 개는 풀어 놓고 있었다.

그런데 테이블 맨 맞은편에 앉은 30대 초반으로 보이는 남자만은 정장을 한 그대로였다. 그 남자의 오른쪽에 있는 사람이 그 석유 재벌의 젊은 상속자라는 것을 금방 알아차릴 수 있었다. 그의 얼굴은 온통 땀범벅이 되어 있었다. 그는 자기 자신이 직업 도박꾼이라는 착각에 사로잡혀 있는 게 틀림없었다.

그는 약식 차용 증서를 쓰는 중이었다. 벌써 현금은 다 털린 모양이었다. 갑자기 얼굴이 창백하게 일그러지더니 차용 증서를 옆자리 남자에게 건네주었다. 그 단정한 차림새의 남자는 조금도 감정의 동요를 보이지 않고 있었다. 그 두 사람은 몹시 대조적이었다.

멜리사는 양미간을 찌푸리며 테이블로 다가갔다. 멜리사의 생각으로는 도박꾼들이란 모두 감정 표출을 하지 않는 냉혈 동물들이었다. 다만 눈빛만은 무섭게 빛났는데 그들은 경이로운 예술품을 바라보듯이 카드를 주시했다.

멜리사는 조용한 목소리로 무엇을 주문했었느냐고 물어보고 차례차례 술잔을 건네주기 시작했다. 그 석유 재벌의 상속자는 미처 잔을 건네주기도 전에 쟁반에서 술잔을 집어갔다. 물론 멜리사에게 고맙다는 말을 건네는 사람은 아무도 없었다.

브라이스 씨가 밀실로 들어왔다.

"제대로 찾아왔구나, 멜리사. 너에게 밀실 번호를 가르쳐 주는 것을 깜빡 잊었는데도 말이다."

멜리사는 대답 대신 살짝 웃었다. 담배 연기가 자욱한 밀실을 빠져나가려다 그녀는 술잔이 하나 모자란다는 사실을 깨달았다. 멜리사는 단정하게 옷을 입고 있는 사람 옆에 서 있었다. 그의 머리칼은 모래빛이었다.

"죄송해요, 선생님. 선생님을 깜빡 잊어버렸군요. 무얼 드시겠어요?"

그녀는 공손하게 말했다.

그가 천천히 고개를 들었다. 잔수염이 돋아난 턱을 치켜들고 멜리사의 눈동자를 쳐다보는 것이었다. 멜리사는 얼굴을 붉혔다. 그가 미소를 지어 보였다. 그것은 도박에 열중하고 있는 사람들에게선 결코 보지 못했던 표정이었다.

"막 커피 생각이 나던 참이었소. 고마워요, 메리."

그의 목소리는 감미로웠다. 멜리사의 뺨이 다시 붉게 물들었다.

"제 이름은 멜리사예요."

그녀는 항의하듯 말했다.

"메리라고 부르고 싶은데요? 그 이름이 당신에게 더 어울려요. 그런데 커피는 언제 줄 건가요, 메리?"

"커피는 바로 뒤테이블에 있잖아요."

쌀쌀맞게 대꾸했지만 그는 오히려 웃고 있었다.

"멜리사, 존슨 씨에게 커피를 따라 드려라. 지금은 게임 도중이니 말이다."

브라이스 씨는 은근히 딸을 나무랐다. 멜리사는 아버지가 시키는 대로 커피를 따라 주면서 존슨의 카드를 어깨너머로 흘끗 보았다. 에이스 세 장을 들고 있었다. 멜리사는 비록 포커 게임을 해본 적이 없지만 존슨이 이기고 있는 것이 틀림없다고 판단했다.

"고맙소, 멜리사. 내가 실례를 한 것 같소. 용서하시오."

존슨은 카드에서 눈을 떼지 않은 채 혼잣말처럼 중얼거렸다. 그 목소리에는 즐거움이 가득했다.

멜리사는 아무런 대답도 하지 않고 쟁반을 들고 문으로 걸어갔다. 그러나 문을 열면서 자기도 모르게 시선이 존슨에게로 가는 것이었다. 존슨도 멜리사를 쳐다보고 있었다. 멜리사는 얼굴을 붉히며 밀실을 나왔다.

복도에서 멜리사는 잠시 걸음을 멈췄다. 문득 존슨이 비행기를 타고 오면서 꿈꿨던 남자와 무척 닮았다는 생각이 들었다. 그 상상 속의 남자가 존슨을 닮은 사람이었다니 이상한 일이었다. 멜리사는 다시 걸음을 옮기며 기묘한 표정을 지었다.

왜 갑자기 그런 생각이 들었을까? 존슨이 어디서 많이

본 사람 같더니 왜 하필이면 내가 상상으로 그리던 남자와 비슷하다는 생각을 했을까? 멜리사는 고개를 설레설레 흔들었다.

　존슨은 도박사가 아닌가? 아버지처럼 바람둥이가 아니란 법도 없을테고…….

두 번째 만남

멜리사는 카지노의 종업원이 운전하는 아버지의 스포츠카를 타고 집으로 돌아왔다. 케다스 호텔에서 집까지는 약 8마일 정도의 거리였다. 꾸불꾸불한 호숫가를 끼고 달리는 도로여서 드라이브 코스로는 안성맞춤이었다.

호숫가 풍경은 조금도 달라진 것이 없었다. 바람이 조금씩 부는 울창한 침엽수림이며 산허리에 울퉁불퉁 튀어나온 바위들이 장관을 이루었다. 멜리사는 울적했던 마음이 한결 상쾌해지는 것 같았다. 매일 호숫가에 나와 수영을 하던 작년 여름이 생각났다. 차가운 물 속에서 나와 일광욕을 하다가 그것도 싫증이 나면 산 위로 올라가는 오솔길을 산책하곤 했었다.

그녀는 결코 자신이 원해서 타호에 온 것은 아니지만 시에라스 산맥의 품에 안길 때마다 무한한 평화를 맛볼 수 있었다. 이곳은 진정 세계에서 가장 좋은 휴양지 중의 하나였다.

매년 여름 아버지의 뜻에 따라 반강제로 이곳에 오는 멜리사는 타호가 가끔 감옥과 같은 기분이 들었다. 아버지는 대부분의 시간을 호텔에서 보내기 때문에 멜리사의 생활의 테두리도 번잡한 위락장의 분위기 주변을 떠날 수 없었다. 그것은 여름을 고통스럽게 만드는 큰 요인이었다.

카지노 종업원은 멜리사의 짐을 현관까지 갖다 주고 곧 호텔로 떠났다.

멜리사는 현관문 앞에 서서 다시 호수를 둘러보았다. 서두르면 저녁 식사 전에 수영을 즐길 수 있을 것이다. 그녀는 가방을 집어 들고 문을 두드렸다. 아무런 대답이 없었다.

멜리사는 슬며시 문을 열고 안으로 들어갔다. 아버지가 실내 장식을 모두 새로 바꿨다는 것을 한눈에 알 수 있었다.

아늑해 보이는 벽난로 앞에는 흰 소파가 놓였고 크롬빛 유리 테이블도 낯선 것이었다. 그 위에는 조각 작품이 하나 있었는데 초현대적인 추상 작품이었다. 사방 벽에 가득 걸린 그림들도 모두 추상화였다. 너무나 달라진 집안 분위기에 얼떨떨해진 멜리사는 자신이 어느 방에 거처해야 될지 알 수가 없었다.

멜리사는 큰소리로 마리 아줌마를 불렀다. 그러자 거실 맞은편 부엌에서 급히 냄비를 바닥에 내려놓는 소리가 들렸다. 곧이어 문이 열리면서 뚱뚱한 여인이 활짝 웃으며 모습을 나타냈다. 50대 후반으로 보이는 그녀는 서둘러 멜리사에게 달려왔다.

"아, 멜리사! 이렇게 갑자기 오다니, 그동안 어떻게 지냈니, 멜리사?"

마리 아줌마는 멜리사를 와락 껴안았다. 그녀는 믿어지지 않는다는 표정으로 멜리사를 빤히 쳐다보았다.

"정말 몰라볼 정도로 예뻐졌구나. 이젠 숙녀가 다되었어."

"그런 말씀 말아요. 나는 하나도 달라지 않았는 걸요. 헤어 스타일을 약간 바꾸어서 그래요."

"아냐, 너무나 잘 어울려. 선머슴애처럼 짧게 머리를 깎지 않아 다행이구나. 요즘은 계집아이들도 머슴애들처럼 짧은 머리를 하고 다니더라니까. 정말 미친 짓이지 뭐니. 아무튼 너에겐 그런 모양이 어울리지 않아. 만약 그랬다면 내가 당장 너를 무릎 위에 올려 볼기짝을 때려 줬을 거야."

마리 아줌마라면 능히 그러고도 남을 것이다. 어린 시절 멜리사는 마리 아줌마한테서 볼기짝을 맞아 본 경험이 있었다. 그녀가 지나치게 말을 듣지 않거나 호숫가에 가서 너무 늦게 오면 마리 아줌마는 그런 벌을 내렸었다. 마리 아줌마는 이 집의 가정부에 불과했지만 어린 멜리사를 그녀의 딸처럼 키웠던 것이다.

유난히 뚱뚱한 마리는 달변가는 아니었지만 자신의 감정을 정확히 전달할 수 있는 재간을 지니고 있었다. 멜리사는 마리 아줌마를 사랑했다. 아버지의 무관심 속에서 멜리사를 애정으로 키운 것은 마리 아줌마였기 때문이다.

멜리사는 그녀의 어깨에 매달려서 키스를 퍼부었다.

"아줌마는 지난 겨울을 어떻게 지냈어요? 내가 보낸 편지에 답장이 없어 얼마나 걱정했는지 몰라요. 무슨 좋지 못한 일이 있었나요? 또 손가락의 관절염이 도진 게 아니에요?"

"혹한이 불어 닥쳤던 지난 1월엔 손가락을 움직일 수 없을 정도로 고통이 심했었어. 그러나 편지를 쓰지 못할 정도는 아니었단다. 그때 네 편지를 받고 얼마나 기뻤는지 ……자, 어서 가서 목욕을 하고 옷 갈아입어야지? 내가 그동안 방을 정리해 두마."

멜리사는 마리를 따라 집 뒤쪽에 있는 침실로 향했다.

멜리사의 방 역시 산뜻하게 새로 단장되어 있었다. 하얀 카펫이 눈이 부셨다. 초록색 침대 시트와 커튼도 이색적이었다. 그러나 그녀가 어릴 때부터 쓰던 가구들은 하나도 빼놓지 않고 제자리에 놓여 있었다. 침대도, 장롱도, 온갖

잡동사니들을 감춰 두는 나무상자도 변함이 없었다.

멜리사는 여행 가방에서 무명 비키니를 꺼내 들고 욕실로 들어갔다. 대리석 타일이 깔린 욕실에서 샤워를 하고 멜리사는 목욕 침대에 누웠다. 차가운 물이 그녀의 원기를 북돋워 주는 것 같았다. 그러나 상쾌한 기분도 잠시뿐이었다.

커다란 수건으로 몸을 감싸던 멜리사의 안색이 갑자기 변했다. 욕실의 한쪽 벽에 투명한 검은색 나이트가운 하나가 걸려 있었다. 멜리사는 서둘러 비키니를 입은 후 그 나이트가운을 들고 욕실에서 나왔다.

멜리사는 선정적인 그 나이트가운을 방바닥에 내던졌다. 뒤따라 들어온 마리 아줌마는 눈이 휘둥그래졌다.

"분명 아줌마 것은 아닐테죠? 또 아버지의 여자 친구가 다녀갔나요?"

멜리사가 신경질적인 목소리로 말했다. 마리는 죄를 지은 사람처럼 서 있었다.

"네가 오기 전에 치워야 하는 건데. 미안하게 됐구나."

"아줌마가 미안해야 할 이유는 조금도 없어요. 아직도 아버지는 집에까지 여자들을 끌어들이는군요."

마리 아줌마는 그 나이트가운을 주워 들었다.

"너무 신경쓸 것 없다. 네 아버지의 행동이 옳다는 건 아니다만 남자라는 게……. 남자가 여자를 필요로 하는 것은……자연스러운 일이란다."

"마치 꿀벌처럼 이꽃 저꽃으로 옮겨 다니는 것이 자연스럽단 말인가요!"

멜리사는 경멸에 찬 목소리로 부르짖었다.

"그렇긴 하지만 그것도 어떻게 생각하면 매력적인 일이잖니? 네 아버지는 외로운 분이셔."

"아버지가 외롭다구요?"

멜리사는 침대에 풀썩 주저앉으며 고개를 내저었다.

"난 믿을 수 없어요. 아버지는 천박한 사람이에요. 육체적인 욕망만 채울 줄 아는 분이에요. 아버지가 그렇지 않은 사람이라면 왜 제시 휘트니를 내버려 두었겠어요. 아버진 사랑을 원하고 있는 게 아니에요. 아버진 사랑의 의미조차 모르고 있는 게 분명해요."

"네 아버지는 너를 사랑하고 있단다. 또 그분은 사랑이란게 무엇인지 확실히 알고 있을 게다."

마리 아줌마의 목소리는 부드러웠지만 단호한 구석이 있었다.

"나는 아버지가 나를 사랑하고 있다곤 생각하지 않아요. 한 번도 그런 모습을 보지 못했으니까요."

"자신의 감정을 밖으로 드러내 보이지 않는 사람들도 많단다. 바로 너의 아버지처럼 말이다. 그분은 너를 사랑하고 있어. 그렇지 않으면 왜 너와 함께 여름을 보내고 싶어 했겠니?"

"일종의 죄책감 때문이겠죠. 아버진 내가 겨우 세 살나던 해에 가정을 버렸으니까요. 그래서 나에게 뭔가 빚을

지고 있다고 생각하는 거겠죠. 나에 대한 아버지의 관심은 과장된 것일 거예요."

"브라이스 씨는 보통 사람들과는 좀 다른 분이란다. 너도 그 점을 이해해 줘야 돼. 내 생각이지만 네 아버진 한 여자에게만 영원히 매일 수 없는 사람 같더구나. 그래서 옷을 갈아입듯 여자들 사이를 방황하는지도 몰라. 슬픈 일이지."

"부끄러운 일이에요. 나는 아버지에게 기대하는 것이 아무것도 없어요. 아버진 도박사예요. 그렇지 않아요? 도박사들이란 감정을 갖고 있지 않아요. 그들이 인생에서 바라는 것이라곤 오직 행운일 뿐이라구요."

"멜리사, 너는 아직 어린애야. 너는 아직 남자들의 세계를 모르고 있단 말이다."

멜리사는 더 이상 마리 아줌마와 입씨름을 하고 싶지 않았다. 멜리사는 조용히 거울 앞으로 돌아앉았다. 그리고 황금빛이 감도는 머리카락을 정성들여 빗질하기 시작했다. 머리땋는 것을 마리 아줌마가 거들어 주었다.

멜리사의 굳은 표정이 서서히 풀어졌다. 마리 아줌마의 손길이 따뜻한 탓만은 아니었다.

"브라이스 씨는 올 여름 내내 젊은 사내 녀석들과 전쟁을 치러야만 되겠구나. 이 집 안의 지팡이란 지팡이는 성하질 못하겠어. 사내 녀석들이 너를 찾느라고 대문 앞에서 줄을 서서 기다리고 있을테니까. 정말 예쁘구나, 멜리사."

“듣기 싫은 얘기는 아니군요. 고마워요, 마리 아줌마. 그렇지만 아줌마는 약간……과장된 표현을 한 거예요. 그렇지 않아요?”

멜리사는 거울에 자신의 모습을 비춰 보면서 말했다. 그녀는 자신의 몸매가 그리 흉하지도 빼어나지도 않다고 생각했다. 가슴은 아직 다른 여자들에 비해 빈약한 편이었고 히프의 곡선도 충분치 못했다. 각선미만큼은 제대로라고 멜리사는 스스로를 평가해 봤다. 그러나 이 모든 것이 남자들을 매혹시키기에는 어림없다고 생각되었다. 아줌마는 계속 웃기만 했다.

“생각해 보세요. 타호에 와서 득실대고 있을 미국에서 가장 아름다운 여자들을 말이에요. 올여름엔 젊은 남자와 인사나 한번 제대로 나누게 될지 의심스러워요. 눈이 삔 사내나 수작을 걸어 오겠죠.”

멜리사는 울상을 지으며 어리광을 부렸다.

“그거야 네가 젊은이들이 오지 않는 곳만 찾아다니려고 하니까 그렇겠지. 너는 너무 수줍음을 많이 타서 큰일이야. 올 여름에는 좀더 많은 젊은이들과 사귀어 보렴. 너도 이제 컸지 않니?”

“친구는 볼티모어에 많이 있어요. 오히려 여름 내내 떨어져 있는 게 안타까운 걸요. 그러니 타호에서 아무도 못 사귄다 해도 난 신경쓰지 않을 거예요.”

“그것이 옳다고만 볼 수는 없어. 난 네가 호숫가에서 혼자 외롭게 시간을 때우는 것이 안됐더구나.”

마리는 근심스럽게 말하면서 비치 재킷과 커다란 타월을 건네주었다.

“혼자 있는 게 나쁜 것만은 아니에요. 마음에 들지 않는 사람들과 함께 있는 것보다 오히려 낫죠.”

멜리사는 선글라스와 책 한 권을 찾아들고 방을 나왔다. 마리 아줌마가 현관까지 따라 나왔다.

“걱정 말아요, 아줌마. 난 비사교적인 체질은 아니니까요. 타호는 혼자 있어도 너무 좋은 곳이에요. 어서 수영을 하고 와야겠어요. 저녁 식사 때까지 돌아오겠어요.”

마리는 웃음 띤 얼굴로 끄덕였다. 멜리사는 호숫가를 향해 뛰다시피 걸었다.

멜리사는 호숫가로 뻗어 있는 길이 끝나는 지점에 우뚝 멈춰 섰다. 맑은 새 소리에 귀를 기울이며 위를 올려다보았다. 새들은 보이지 않고 바람에 흔들리는 나뭇가지들만 눈에 가득 들어왔다.

그녀는 콧노래를 흥얼거리며 다시 걸음을 옮기기 시작했다.

발바닥을 따끔따끔 찌르는 잔돌들도 사랑스러웠다. 몇 발자국 안 가서 호숫가 모래밭에 이르렀다. 그녀는 두 팔을 들어올리고 심호흡을 몇 번 했다. 그리곤 빙글빙글 제자리를 여러 바퀴 돌았다.

　수영을 하기 전에 15분 가량 일광욕을 즐길 생각이었다. 타월을 모래밭에 깔고 누웠다. 따가운 햇볕에 얼굴이 간지러웠다. 얼마쯤 지나자 나른한 졸음이 찾아왔다. 그러다 갑자기 눈꺼풀 위로 내리비치던 태양이 사라지는 것 같아 번쩍 눈을 떴다.

　멜리사는 잠시 몽롱한 시선으로 앞을 바라보았다. 그녀의 시야에 들어온 것은 짙은 갈색 털이 무성한 건장한 두 다리와 흰 수영 팬츠, 그리고 팔없는 셔츠 밖으로 드러난 털북숭이 남자의 가슴이었다.

　멜리사는 얼른 일어나 앉았다. 그러자 그 남자의 푸른 눈동자와 마주쳤다. 조각품처럼 우뚝 선 그는 멜리사를 내려다보면서 웃고 있었다. 햇볕에 그을린 얼굴에 육감적인 입술을 가진 남자였다.

　그가 무릎을 꿇고 그녀 옆에 앉았다. 멜리사는 소스라치게 놀라 얼떨결에 가슴을 양손으로 가렸다. 가까스로 냉정을 회복하고 그 남자를 노려보았다. 그는 다름아닌 도박사 존슨이었다.

　그는 천천히 이마에 흩어진 머리칼을 쓸어 올렸다. 멜리사가 당황하고 있다는 것은 전혀 눈치채지 못한 모양이었다. 그는 눈을 가늘게 뜨고 멜리사의 황갈색 머리칼과 작은 얼굴을 바라보았다.

　그의 푸른 눈동자와 그녀의 초록빛 눈동자가 다시 마주쳤을 때 존슨은 눈웃음을 떠올렸다.

그는 부드러운 목소리로 인사를 했다.

"또 만났군요, 메리."

멜리사의 얼굴이 화끈 달아올랐다.

"멜리사라고 불러 주세요. 그게 싫으면 미스 데러코데라고 하던지요. 난 메리라고 불리는 게 싫어요. 그건 아버지가 어릴 때 부르던 이름이었거든요."

"유감이군요. 난 메리라는 이름이 더 좋아 보이는데. 멜리사라는 이름은 어쩐지 주근깨투성이의 선머슴애 냄새가 나거든."

멜리사는 어색함을 감추기 위해 자세를 고쳐 앉았다. 도대체 어떤 식으로 이 남자와 맞서야 할지 알 수 없는 그녀는 어서 그가 떠나 줬으면 하고 바랐다.

"여기서 뭘 하고 계셨던 거죠? 내가 잠자는 것을 훔쳐보았군요. 여기는 나만 아는 모래밭이란 말이에요."

멜리사는 입을 삐쭉거렸다.

"데러코데 양께선 내가 여기 있는 것이 싫은 모양이군요. 아하, 내가 그걸 미처 생각 못 했군. 이제코니 메리 양은 상냥한 숙녀가 아니셨군."

그는 다리를 쭉 펴고 편하게 앉았다. 멜리사는 그가 능구렁이 같은 사내라고 생각했다.

"어머닌 낯선 남자와는 절대 얘기도 하지 말라고 하셨어요. 난 당신이 누군지도 모르잖아요? 또……."

그녀는 비치 타월로 어깨를 가리며 쌀쌀맞게 말했다.

"나는 존슨 로케라고 하오. 또 우린 초면이 아니잖소? 그렇지 않아요?"

멜리사는 능글맞은 그의 얼굴에다 뭔가 따끔한 말을 퍼부어 주고 싶었다. 그러나 묘안이 떠오르지 않아서 턱을 치켜 세우고 쏘아붙였다.

"당신은 밤에는 포커를 하고 낮에는 여자들을 찾아다니는 그런 사람인가요?"

그녀는 자못 비꼬듯이 말했다. 존슨 로케는 말끔하게 면도가 된 자신의 턱을 쓰다듬으며 대답했다.

"발코니에 나와 있다가 우연히 당신을 발견했소. 나도 수영이나 하면서 피로를 씻어 볼까 하는 생각이 갑자기 들었다오"

엉뚱한 말이었다. 멜리사는 점점 당혹해졌다.

"그럼 댁이 이 근처란 말인가요?"

멜리사는 의외라는 듯이 물었다.

그는 시선을 돌려 오른편의 숲을 바라보았다.

"저쪽이오. 저 좁은 구릉 위 히말라야 삼목숲에 가려진 곳이오."

그녀의 시선이 존슨의 손끝을 따라갔다. 그곳은 호수에서 제법 떨어진 곳이지만 골짜기의 경치를 관망하기에는 아주 좋은 자리였다.

멜리사는 다시 긴장이 되기 시작했다. 어떻게 저 먼 거리에서 자신을 발견할 수 있었을까? 시력이 3.0쯤 된단 말인가? 아니면 망원경으로 호숫가를 살펴보았단 말인가?

멜리사의 표정이 점점 묘해졌다.

"그런데……포커 게임에서 굉장히 재미를 보시는 것 같던데, 그 석유 재벌을 발가벗겨 놓으시진 않았나요? 그 재벌의 아들이라는 사람은 아직 당신만한 경지에는 도달하지 못한 것 같던데요?"

그녀는 왜 이런 이야기를 꺼냈는지 자신의 마음을 알 수 없었다. 뭔가 더 얘기를 덧붙여야만 될 것 같았다.

멜리사가 더듬거리며 말을 계속했다.

"그 사람은 당분간 도박이라면 치를 떨고 말거요. 오래 가지는 않겠지만……."

존슨은 모래를 한 웅큼 거머쥐었다. 가늘은 모래알이 그의 손가락 사이로 흘러내렸다.

"그는 대학가의 사교 클럽에서 제일 가는 도박꾼이었소. 그랬던 탓에 프로의 세계에서도 자신의 실력이 통하리라 착각을 했던 거요. 그러나 지금쯤은 생각이 달라졌겠지요. 집으로 돌아가서 석유 회사 회장 수업이나 열심히 받아야 겠다고 말이오."

그의 담담한 이야기에 귀를 기울이며 멜리사는 햇빛에 몹시 그을린 그의 갈색 손가락을 바라보았다. 그녀가 지금껏 보아 온 도박꾼의 손가락에는 으레 화려한 다이아몬드 반지가 끼어 있게 마련이었다. 그러나 존슨의 손가락에는 아무것도 없었다.

　사실 존슨은 그녀가 알고 있는 도박사들과는 뭔가 다른 인상을 지니고 있었다.

　그의 눈동자 속에 어려 있는 따스함은 확실히 다른 도박사들에게선 찾아보기 힘든 것이었다.

　물론 그 역시 오늘 낮 카지노에서 그녀의 눈길이 마주치기 전까지는 아무런 감정도 담지 않은 얼굴을 하고 있었지만 말이다. 그러나 그는 도박을 하면서 인사말을 건넬 줄도 알았고 고개까지 돌리지 않았던가. 존슨은 다른 도박사들에게는 없는 뭔가를 갖고 있는 것 같았다.

　호수로부터 불어오는 부드러운 바람이 그녀의 머리카락을 흩날렸다. 그의 손을 바라보던 그녀는 강렬한 그의 시선을 느끼며 고개를 들었다. 그는 뚫어져라 그녀를 쳐다보고 있었다.

　"이렇게 일광욕만 즐길 계획이오? 그러다간 그 하얀 피부가 새까맣게 변해 버릴텐데요. 어때요, 함께 수영하지 않겠소?"

　존슨이 말을 마치고 느릿하게 하품을 했다.

　"당신은 일찍 집에 돌아가서 부족한 수면이나 보충하는 게 좋을텐데요. 오늘 밤에도 도박을 하러 가서야죠?"

　"도박꾼에게도 휴식은 필요한 거요. 나는 항상 큰 판이 끝나면 며칠 동안 푹 쉬곤 해요. 자, 그건 그렇고, 수영이나 하러 갑시다."

　"글쎄요. 난 여기에 그냥 앉아 있고 싶은걸요."

멜리사는 잔잔한 물결을 바라보며 중얼거렸다.

"그렇다면 난 여기서 기다리겠소. 당신이 수영을 하고 싶어질 때까지 말이오. 그동안 무얼 하고 시간을 보낼까? 카드라도 있으면 포커라도 함께 치겠는데……."

멜리사는 눈을 동그랗게 뜨고 그를 올려다보았다. 그가 지금 제정신으로 그런 말을 하고 있는지 의심스러웠다.

"난 포커 같은 건 할 줄 몰라요."

그녀가 단호하게 잘라 말했다.

"그렇다면 무슨 게임을 해보았소, 까다로운 아가씨?"

"브릿지를 몇 번 해본 적이 있어요."

멜리사는 짜증이 치밀어 오르는 것을 간신히 참고 대답했다. 그녀는 자신의 휴식 시간을 망치고 있는 그를 어떻게 해서든 쫓아 버리고 싶었다.

멜리사의 가슴은 마구 두근거렸다. 그것은 수줍음 때문에 비롯된 것이 아니었다. 이 호젓한 호반에서 잘 알지도 못하는 낯선 남자와 단 둘이 있다는 두려움에서 일어난 감정이었다.

그녀는 존슨의 넓은 가슴팍에 시선을 고정시켰다.

"왜 당신은 혼자 수영하러 가지 않는 거조? 날 기다릴 필요는 없어요. 난 여기서 책을 읽고 있겠어요."

그녀는 가까스로 흥분을 감추고 말했다.

"난 뭔가 함께 시간을 보낼 수 있는 게 없을까 하고 물어본 거요. 이렇게 하면 어떻겠소? 한 권의 책을 두 사람이 번갈아 가면서 읽는 것 말이오. 특히 사랑을 나누는 부분이 재미있겠군요. 우리가 그 책의 주인공이 되어 보는 것도 좋을 것 같은데, 어떻소?"

그는 멜리사가 가져온 책을 집으며 말했다. 그녀는 재빨리 책을 빼앗아 타월 밑에 숨겼다.

"정말 유치하군요. 이 책 속에서 주인공들이 사랑을 나누는 장면이 나온다 하더라도 왜 내가 그걸 당신과 함께 읽어야 하죠?"

멜리사는 책 제목이 〈고딕 로맨스〉라는 걸 그가 보았으리라는 데 생각이 미치자 얼굴이 후끈거렸다.

존슨이 주춤하며 머리를 쓸어 올렸다. 아마 버릇인 모양이었다.

"당신을 귀찮게 했다면 사과하겠소. 다른 뜻이 있어서 한 말은 아니었소. 나는 감미로운 부분을 골라 큰소리로 읽는다면 즐거운 시간이 되지 않을까 해서 그랬던 거요. 그것뿐이오. 용서해요, 멜리사."

그녀는 아랫입술을 지그시 깨물면서 그를 빤히 쳐다보았다. 자신이 아무래도 과잉 반응을 나타낸 것 같아 미안한 생각도 조금 들었다.

한동안 두 사람 사이에 어색한 침묵이 흘렀다. 그 어색함을 깬 것은 존슨이었다. 그는 벌떡 일어서더니 멜리사의 손을 잡아당겼다. 멜리사는 두 손을 붙잡힌 채 주춤거리며 일어섰다. 존슨은 아무 말 없이 그녀를 끌고 호숫가로 걸어가 물 속으로 그녀의 등을 재촉하듯 밀었다.

멜리사는 그의 손길이 등에 느껴지자 움찔하면서도 어쩔 수 없이 물 속으로 몸을 던졌다. 존슨의 손길을 피하려고 자진해서 뛰어든 것이다.

출렁거리는 물결의 냉기가 온몸을 감쌌다. 멜리사는 숨을 쉬기 위하여 물 밖으로 고개를 내밀었다. 그러자 비단결 같은 물의 파장이 사방으로 퍼져나가고 있었다. 그 파장이 끝나는 지점에서 존슨은 헤엄을 치고 있었다. 그는 두 팔을 힘차게 휘저으며 물살을 가르고 있었다.

멜리사는 가볍게 손발을 움직이면서 옆눈으로 그를 관찰했다. 그는 전혀 이쪽을 의식하지 않고 수영에만 열중했다. 멜리사는 긴장을 풀고 배영으로 자세를 바꿨다. 따스한 햇볕이 가슴에 와 닿았다.

한 15분 가량 그렇게 수영을 즐겼을까, 갑자기 그 평화스러움은 깨지고 말았다. 단단한 손이 멜리사의 두 발목을 잡아당겼기 때문이다. 멜리사는 본능적으로 두 팔을 흔들며 자세를 바꾸어 도망가려 했다. 그러나 얼굴만 물 속으로 곤두박질칠 따름이었다.

멜리사는 그의 손이 허리를 받칠 때까지도 뭔가를 생각할 겨를이 없었다. 그녀는 몸부림을 치며 물 표면으로 떠올랐다. 그리곤 존슨의 넓은 가슴을 마구 밀어냈다.

멜리사의 손바닥을 타고 존슨의 심장의 고동 소리가 울려왔다. 존슨은 개구쟁이처럼 웃고 있을 뿐이었다.

멜리사의 저항은 아무런 효과가 없었다. 그녀는 물을 들이마신 까닭에 곧 기진맥진해졌다.

"어떻소, 기분이 좋지 않소?"

존슨은 손을 떼어놓으며 물었다. 그의 눈동자는 열정으로 가득 차 있었다.

"당신처럼 귀여운 처녀가 그렇게 잔뜩 긴장하고 있는 것은 어울리지 않는군요. 이제 긴장이 풀어졌소?"

멜리사는 그를 쳐다보지 않았다. 얼굴을 정면으로 돌릴 수도 없었다. 존슨이 말을 마치고 그녀의 엉덩이께로 손을 내밀었다. 멜리사는 다시 맹렬히 몸부림 치며 그와 멀어지려고 했다. 그런데 열심히 물을 차내던 그녀의 다리를 그가 자신의 무릎으로 휘감아왔다.

멜리사는 숨이 막힐 정도로 거북했다. 뜨거운 열기가 온몸에 퍼지고 얼굴이 화끈거리기 시작했다.

존슨이 한손으로 그녀의 목덜미를 받쳤다. 멜리사의 시야에는 그의 눈동자만이 가득 들어왔다. 그의 눈동자는 그들이 잠겨 있는 사파이어빛 호수처럼 짙은 푸른색이었다.

"당신은 너무나 순진하군, 메리."

존슨이 고개를 숙이면서 중얼거렸다. 그의 목소리는 부드러운 허스키였다.

멜리사는 아직도 정신을 차릴 수 없었다. 그녀가 미처 숨을 돌리기도 전에 그의 입술이 부드럽게 포개졌다. 그는 한쪽 손으로 그녀의 허리를 껴안고 다른 손으로는 그녀의 뒷머리를 받치고 있었다.

두 사람의 상체는 완전히 밀착된 자세였다. 물에 가라앉지 않을 정도로 발목만 물을 차고 있었다.

그의 부드러운 혀끝이 멜리사의 입술을 열었다. 그녀는 숨도 쉬지 못한 채 그의 입맞춤을 받아들이고 있었다. 그러나 다음 순간 멜리사는 숨을 헐떡이며 그를 밀어젖혔다. 그리곤 물가를 향하여 급하게 헤엄을 치기 시작했다.

비치 타월이 흐트러져 있는 곳으로 달려온 멜리사는 그 위에 얼굴을 파묻고 온몸을 떨었다. 곧이어 존슨이 그녀 곁에 와서 풀썩 주저앉았다. 존슨의 털투성이 다리가 그녀의 몸을 스쳤다.

멜리사는 얼굴을 모래바닥에 파묻은 채로 누워 있을 뿐이었다. 그녀는 무슨 말을 해야 할지, 무슨 행동을 해야 할지 도무지 알 수 없었다. 다만 존슨의 다음 반응만을 숨죽여 기다리고 있었다.

몇 분이 지나가도록 그에게선 아무런 반응이 없었다. 멜리사는 조심스럽게 고개를 들었다. 그는 눈을 감고 옆에 누워 있었다.

규칙적이고 고른 존슨의 숨결이 느껴졌다. 그는 잠들어 있었다. 멜리사는 그의 얼굴을 흘끗 보며 생각했다.

아무 일도 없었다는 듯이 저렇게 태연하게 잠을 잘 수 있다니, 어떻게 저럴 수가 있단 말인가? 적어도 미안하다는 사과 정도는 해야 옳은 일이 아닐까? 도대체 알 수 없는 사람이군…….

멜리사의 초록빛 눈동자는 분노로 충혈되어 있었다. 그녀는 벌떡 일어나서 비치 재킷만 주워 들고 뒤도 돌아보지 않고 호숫가를 떠나 그녀의 비치 타월을 반쯤 깔고 조용히 잠들어 있는 존슨을 뒤로 한 채 오솔길로 접어들었다.

보이지 않는 벽

목요일 아침이었다. 타호에 온 지 이틀이 지나갔다. 멜리사는 아버지와 아침을 들고 있었다.

브라이스 씨는 신문을 보면서 마리 아줌마가 금방 구워 낸 빵을 먹고 있었다.

멜리사는 아버지가 자신의 존재를 까마득히 잊어버린 거나 아닌지 의아스러웠다. 그녀는 블랙 커피를 천천히 마시며 아버지를 뚫어져라 바라보고 있었다.

어제 저녁 식탁에서 부녀간의 대화는 거의 마친 셈이었다. 아버진 그녀의 학교 생활의 모든 것을 물었었다. 멜리사는 지난 학기뿐만 아니라 가을 학기의 계획까지 말해 주었다.

아버지는 그녀의 어머니에 관해서도 궁금해 했다. 멜리사는 어머니의 근황에 대해 간단하게 이야기해 주었다. 그랬더니 아버지는 고개를 몇 번 끄덕인 후 재빨리 화제를 돌렸다.

아버지는 언제나 그런 식이었다. 멜리사는 이미 오래 전부터 아버지와의 틀에 박힌 대화에 익숙해져 있었다.

브라이스 씨는 말이 없는 사람이었다. 멜리사 역시 수줍음이 앞서서 선뜻 아버지에게 말을 걸지 못했다. 그래서 두 사람 사이에는 언제나 보이지 않는 벽이 가로놓여 있게 마련이었다.

그러나 오늘 아침은 달랐다. 브라이스 씨가 신문을 펼치면서 다소 어색한 미소를 지어 보였을 때 멜리사가 그 불투명한 벽을 무너뜨린 것이다. 더 이상 자신의 호기심을 억누를 수 없었기 때문이었다.

"존슨 로케는 어떤 사람인가요? 잘 아시는 사이예요?"

"존슨?"

브라이스 씨는 미간을 찌푸리며 뭔가를 생각하는 표정이었다. 그런 다음 어깨를 으쓱하며 그가 말했다.

"글쎄, 그 사람에 대해서는 내가 많이 안다고 할 수 없겠구나."

멜리사는 잠자코 기다렸다.

그러나 아버지는 다시 신문으로 시선을 돌린 채 아무 말이 없었다. 멜리사는 가슴이 답답해졌다. 그녀는 존슨에 관해 뭔가를 알고 싶었다.

"아시는 대로 말씀해 주시지 않겠어요?"

그녀는 아버지를 재촉했다. 브라이스 씨는 여전히 신문에서 시선을 떼지 않은 채 야릇한 미소만 얼굴 가득히 떠올렸다.

"존슨은 묘한 사람이야. 이따금씩 타호를 방문하거든. 그런데 그와 가까이 지내는 사람은 아무도 없어. 나도 그가 누군지는 잘 몰라. 물론 몇 가지 소문이 떠돌기는 하지만……. 모두들 그가 유럽에서 도박 솜씨를 닦았을 것이라고 입을 모으고 있지. 그러나 유럽에서 그를 만난 적이 있다는 사람은 아직 한 사람도 없어. 나는 언젠가 몬테 카를로에서 온 사람들을 만난적이 있는데 그들도 존슨이라는 이름을 들어 본 적이 없다더군."

"그래요? 그런데 아무도 그에 관해서 들은 적이 없다는 건 무슨 뜻이죠? 그가 직업 도박사가 된 지 으래되지 않았다는 말인가요?"

브라이스 씨가 껄껄거리며 웃었다. 그로서는 보기 드문 행동이었다.

"나는 그가 햇병아리라고는 생각하지 않아, 멜리사. 그는 매우 침착한 사내거든. 도박사로서의 연륜이 짧다면 그럴 수 없을 거야. 또 큰판이 벌어지면 어김없이 냄새를 맡고 나타나는 것도 그렇고."

"케다스에 나타나지 않을 땐 다른 카지노에 가 있는 모양이죠?"

브라이스 씨는 신문을 식탁에 내려놓고 고개를 흔들었다.

"그렇진 않을 거야. 카지노마다 서로 정보를 주고받고 하니까. 존슨은 지난 두 달 동안 엄청난 돈을 땄단다. 그래서 그의 일거수일투족은 모두 사람들의 입에 오르내리게 마련이야. 케다스의 무대에 출연하는 쇼걸들조차 그의 사생활을 캐내려고 안달이지."

멜리사는 식탁 위에 팔을 올려 놓고 손을 깍지끼었다. 그녀는 호기심을 감출 수가 없었다.

"그 남자는 여자들과는 잘 어울리지 않나요?"

"꼭 그런 것은 아니지만, 그와 어울린 한두 명의 여자들에게도 아무런 얘기를 하지 않은 모양이더라. 자신의 과거를 밝히는 것 말이다. 그는 혼자 있기를 좋아하는 것 같기도 하고."

"그가 고독을 좋아한다구요?"

멜리사는 자신도 모르게 소리를 쳤다. 아버지가 날카롭게 쏘아보자 그녀는 얼굴을 붉히고 흥분을 감췄다.

"제 말뜻은……."

"왜 그렇게 존슨 로케에게 관심이 많은 거냐?"

브라이스 씨는 알 수 없다는 듯 눈동자를 굴렸다.

"아버지도 아시잖아요, 그가 게임을 하던 밀실에 제가

들어간 것 말이에요. 생각나세요?”

멜리사는 재빨리 둘러댔다.

“그렇지만 네가 그 사람에게 흥미를 갖고 있다니 이해할 수 없구나.”

“저, 사실은 그 남자를 또 만났거든요. 화요일 오후 호숫가에서요. 그와 잠시 애기를 나눈 적이 있어서 그래요.”

멜리사는 자신의 손톱을 들여다보며 말했다.

“우연히 마주친 것은 아닐 거다. 그의 집과 여기는 제법 떨어져 있으니까. 존슨이 베란다에서 너를 보고 일부러 접근한 것이 틀림없을 거야. 왜 그랬을까?”

“글쎄요. 전 정말 모르겠는데요. 아마 누군가와 대화를 나누고 싶었겠죠.”

멜리사는 점점 솔직하게 자신의 마음을 털어놓았다.

“믿을 수가 없구나. 그가 너에게 데이트 신청을 했니? 만일 그랬다면 네가 거절해 주었으면 좋겠구나, 멜리사.”

멜리사는 아버지의 말뜻을 이해할 수 없었다. 그녀는 머리를 갸우뚱했다.

“그는 데이트 신청을 해오지 않았어요. 그런데 왜 거절을 하라는 거죠? 아버진 그 남자를 싫어하고 계세요?”

“내가 존슨 로케에게 호감을 갖고 있는 것은 사실이야. 그러나 네가 그와 사귀는 것을 허락할 순 없어, 멜리사. 그는 너보다 나이가 열한 살이나 열두 살 정드 많은 사람이야.”

　"그렇게 대단한 차이라곤 볼 수 없어요. 저도 모르겠어요. 아버지가 나이 차이를 강조하는 이유를요."

　멜리사는 아버지가 아직도 자신을 어린애로 취급하는 것 같아 마음이 상했다.

　"물론 나이 차이라는 것은 대단치 않을지도 몰라. 그러나 인생을 경험한 폭은 결코 무시할 수 없어. 너는 이제 겨우 스물한 살이잖니? 존슨 로케와 같은 나이의 남자에게는 세련되고 성숙한 여자가 어울릴 거야. 네가 그와 사귀는 것은 여러 모로 좋은 일이 아니란다. 그게 내 생각이다."

　멜리사는 아버지의 말을 수긍할 수 없었다.

　"그건 아버지의 진심이 아닐 거예요. 표면적인 이유에 불과할 따름이에요. 아버진 지금 존슨이 아버지와 같은 길을 가기 때문에 내가 그와 사귀는 것을 반대하고 있는 거예요."

　"그래. 네 말이 옳다, 멜리사."

　브라이스 씨는 냅킨을 식탁에 내려놓고 자리에서 일어섰다.

　"내가 네 어머니에게 어울리지 않았듯이 존슨은 너와 같은 여자에게는 맞지 않아. 나는 네 어머니에게 상처를 주지 않았니? 그래서 그가 너에게 상처를 줄까봐 두려운 것이란다. 방금 네가 한 말에 대해서 사과하지 않겠다면 나는 카지노로 돌아가겠다."

브라이스 씨는 대답을 들으려고 하지도 않고 식당 밖으로 나갔다.

멜리사는 아버지의 뒷모습을 멀거니 쳐다보았다. 방금 아버지가 한 말을 믿을 수 없었다. 아버지가 어머니에게 죄의식을 가지고 있다고는 한 번도 생각해 본 적이 없었다.

멜리사는 침실로 돌아와 한 시간 이상을 꼼짝 않고 아버지의 말을 되씹어 보았다. 어쩌면 아버지는 자신이 여지껏 생각해 왔던 그런 분이 아닐는지도 몰랐다. 아버지는 과거의 일을 후회하고 있는 게 분명했다. 그리고 어머니뿐만 아니라 멜리사에게도 아버지 역할을 제대로 하지 못한 것을 후회하고 있는지도 몰랐다.

아버지는 감정이 없는 사람이었다. 멜리사는 아버지를 냉정한 사람이라고 여겨왔었다. 그러나 아버지의 가슴 깊이에는 뭔가 따뜻한 감정이 숨어 있다는 것이 멜리사를 혼란하게 만들었다.

그날 아침 10시경 제시 휘트니가 브라이스 씨의 심부름으로 서류를 찾으러 집을 방문했다.

멜리사는 제시를 붙들고 그 혼란함을 해결해 보고 싶었다. 멜리사는 당장 돌아가야 한다는 그녀를 커피나 한 잔 하고 가라면서 붙잡았다.

거실의 흰 소파에 그들은 마주앉았다.

"혹시 아버지가 나에 관한 얘기를 하지 않던가요?"

갑작스런 멜리사의 질문이었지만 제시는 여유 있게 미소를 지었다.

"물론 많이 했어. 브라이스는 말이 없는 사람이지만 너에 대한 얘기는 자주 했단다."

"무슨 말을 했나요? 아버진 나를 어떻게 생각하고 있던가요?"

멜리사의 목소리가 너무 낮았으므로 제시는 겨우 알아들을 수 있었다.

"그분은 너를 자랑으로 여기고 있어. 하나라도 보탠 말이 아니야. 그분은 네가 지적인 멋을 지니고 있다고 생각하고 있지. 그분은 진정 너를 사랑하고 있더구나."

"아버지가 그렇게 표현한 건가요? 그게 아니면 당신의 느낌이 그렇다는 건가요?"

"그건 내 짐작만이 아니야. 나는 브라이스가 너를 사랑하고 있다는 것을 잘 알아. 그분은 말로는 표현하지 않았지만 너도 그것만은 믿어야 해, 멜리사."

"나는 믿을 수 없어요. 아버지는 한 번도 나를 사랑한다고 말해 주지 않았어요. 또한 그것을 내색한 적도 없구요. 매년 여름 나를 이곳으로 오게 하는 것은 어떤 의무감 때문일 거예요."

멜리사는 정색을 하며 대답했다.

"그동안 부녀간에 대화가 없었던 탓일 거야. 그렇지 않니, 멜리사? 너는 너무 수줍음을 타고, 브라이스는……

어쨌든 그분은 자기 감정을 잘 표현하지 않고 말이야. 그분 역시 내성적이라서 그럴 거야.”

제시는 안타까운 표정을 지었다.

“아버지가요? 아버지가 내성적인 성품이라구요? 아녜요. 그럼 어떻게 그런 내성적인 성격으로 카지노를 경영하고 그 많은 여자들과 접촉할 수 있단 말인가요?”

멜리사는 말도 안 된다는 듯이 큰소리로 반문했다.

“사람의 성격이 직업에 절대적인 영향을 미치는 건 아냐. 자신의 감정을 밖으로 드러내지 않는 대부분의 사람들은 내성적인 성미 때문에 그러는 거라구. 그래서 실제 마음은 안 그런데 행동은 따로 노는 거지. 일종의 보호 본능이랄까, 그것은 자신을 더욱 고립시킬 뿐이란다. 네가 믿건 믿지 않건 간에 너의 아버진 정말 외로운 분이란다.”

멜리사도 더 이상 할 말이 없었다. 멜리사는 인생을 소극적으로만 끌고 가는 사람들을 겪어 본 적이 있었다. 그들은 자신이 상처받았다는 이유로 더 움츠러드는 부류였다. 자기의 존재에 관해 보다 깊은 의미를 찾아보지 않는 사람이었다.

제시의 말처럼 아버지도 그런 부류에 속한단 말인가? 멜리사는 뭐라고 꼬집어 단정지을 수가 없었다. 제시가 잘못 생각하는 것은 아닌지 알 수 없었다.

아버지와 보다 많은 대화를 나눌 필요가 있다. 그래야만 아버지를 이해할 수 있으리라.

"이제 난 사무실로 돌아가야 될 것 같아."

제시가 자리에서 일어서며 말했다. 제시는 심각한 표정을 짓고 있는 멜리사에게 미소를 지어 보였다.

"멜리사, 너는 아름다워. 내 남동생을 소개시켜 줄까? 내 동생은 일 주일 정도 여기서 머물 예정이거든. 그애 이름은 사이몬이야."

"남동생이 있다는 건 전혀 몰랐는데요?"

"나와는 좀 나이 차이가 많은 편이야. 정확히 스물일곱이지. 그런데도 그애는 나한테 오빠 노릇을 하려고 들거든. 나더러 브라이스의 곁을 떠나서 다른 곳에서 안정된 생활을 시작하라고 여간 성화가 아니야. 그애의 마음을 모르는 건 아니지만 귀찮아 죽을 지경이야. 만일 네가 그애를 환영해 준다면 그건 나를 구해 주는 일이 될 거야."

멜리사는 제시의 마지막 얘기를 건성으로 들으며 일어섰으나 사이몬의 충고가 귀찮다는 제시의 말이 웬지 모르게 마음에 걸렸다.

"전에 내가 당신의 아버지 곁을 떠났으면 좋겠다고 말한 건 잊어버리세요. 앞으로 그 일에 관해선 아무 말도 않겠어요. 그건 내가 떠들어야 할 성질의 것이 아니니까요. 또 내가 당신의 언니 노릇을 하려던 점이 미안하군요."

멜리사는 웃는 얼굴이었다.

"아니야. 난 좋은 충고는 열 번이라도 들어 줄 용의가 있어. 너의 충고는 내가 피할 수 없는 것이었어. 내가 마음

상해 한다고 생각했다면 그건 오해야. 난 네가 나의 행복
을 염려하고 있다는 사실이 기쁘단다.”
　제시는 현관을 나서면서 머뭇머뭇 말했다.
　“노파심에서 하는 말이라고 여겨도 좋아. 브라이스에게
다시 한 번 기회를 주도록 해보렴. 편견에 치우치지 말고
그분을 대하는 거야. 물론 브라이스가 사랑한다는 말을 입
밖에 내지는 않을 거야. 그러나 그것은 다만 그의 표현력
이 부족해서일 뿐이야. 그분은 너를 사랑하고 있어. 네가
그 점을 깨닫게 되면 너의 아버지도 다행스럽게 여길걸.
아무튼 서로 노력하는 거지, 그렇지 않니?”
　“노력해 보겠어요, 제시.”
　멜리사가 혼잣말처럼 중얼거렸다.

불치의 공상가

점심을 먹고 멜리사는 산책을 하러 나갔다. 비탈진 숲을 오르는 그녀의 손에는 〈들꽃 편람〉이란 책이 들려 있었다. 멜리사는 콧노래를 흥얼거렸다.

목장의 나무 울타리가 쳐진 잡목더미 근처에서 멜리사는 스카이 파일럿의 꽃들이 피어 있는 것을 발견했다. 작년 여름에도 낯선 들꽃들을 찾아내고 기뻐한 적이 있었지만 스카이 파일럿 역시 처음 보는 식물이었다.

지난해는 꽃잎이 자루같이 생긴 블루 아이와 우아한 스타 플라워를 발견했었다. 목장 안에는 그 꽃들이 많이 자라고 있었기 때문에 그녀는 꽃들을 꺾어 젖은 종이로 싼 다음 집에까지 가져와 꽃병마다 꽂아 놓았었다.

멜리사는 목장을 가로질러 산길로 접어들었다. 커다란 바위틈에 핀 용담초를 발견하고 걸음을 멈췄다. 그녀는 조그만 수첩에 연한 주홍빛이 감도는 흰색 꽃이라고 적으며 신경을 곤두세워야 했다. 바위 밑에서 방울뱀이라도 튀어나오면 어쩌나 해서 가슴이 조마조마했기 때문이다. 거대한 히말라야 삼목의 터널을 빠져나가자 곧 덕갈나무, 단풍나무 등으로 이루어진 숲이 나타났다. 기다시피 산비탈을 몇 발자국 더 올라가자 갑자기 시야가 탁 트였다.

멜리사는 잔잔한 호수를 내려다보았다. 거울 같은 호수의 표면에 눈부신 햇살이 부서지고 있었다.

타호 호수는 금광 개발 붐을 타고 사람들이 찾기 시작한 곳이었다. 사람들은 타호가 그동안 간직해 온 금덩이를 캐냈을 뿐만 아니라 호숫가의 원시적인 아름다움도 짓밟아 놓았다. 그러나 사람들의 출현에도 불구하고 멜리사가 서 있는 지점은 크게 자연이 훼손된 흔적이 보이지 않았다.

멜리사는 입가에 웃음을 떠올리며 옥수수 줄기와 흡사한 죽대(은방울과의 다년초) 이파리를 조사하기 시작했다. 그녀는 허리를 굽히고 차임벨 모양의 꽃을 손끝으로 살짝 건드려 보았다. 그러자 죽대에 가려졌던 노란 꽃잎이 눈에 들어왔다. 멜리사는 가볍게 탄성을 올렸다. 그것은 분명 개백합꽃이었다. 작년에 그 꽃을 찾으려고 하루 종일 산을 헤맨 적이 있었다.

이제 멜리사는 잡목 덤불이 정강이를 스치는 것도 상관하지 않고 덤불 속을 뚫고 앞으로 나아갔다. 먼 발치에 서너 송이의 점박이 백합꽃이 피어 있었다.

그 신비스러운 꽃잎을 향하여 손을 내뻗는 순간 멜리사는 외마디 비명을 지르며 굽혔던 몸을 일으켰다. 바로 꽃 뒤에 땅바닥을 기어가는 무엇인가를 보았기 때문이다. 당황한 멜리사가 주춤주춤 뒷걸음질치는 사이 그녀의 머리채가 나뭇가지에 걸리고 말았다. 뜻하지 않은 덫이었다.

멜리사는 징그럽고 무시무시한 독사에게서 시선을 떼지 않은 채 결사적으로 머리채를 잡아당겼지만 쉽게 풀리지 않았다. 그녀는 떨리는 손을 뒤로 올려 나뭇가지들을 꺾어내는 수밖에 없었다.

독사는 똬리를 틀고 그곳을 떠나려 들지 않았다. 멜리사는 걸음아 날 살려라 하며 그 흉측한 뱀과 멀어지려고 내달렸다. 정신없이 얼마 동안 산을 내려오다가 그루터기에 걸려 넘어지고 말았다. 멜리사는 투덜거리며 축축한 땅바닥을 손으로 짚고 일어섰다. 왼쪽 무릎에서 피가 나고 있었다.

멜리사는 자신의 흙 묻은 손이 옷에 닿지 않게끔 주의했다. 천천히 산을 내려오며 허탈한 기분이 들었다. 호수로 이어지는 작은 시냇가에 이르러 그녀는 얼굴을 냇물에 비추어보았다.

얼음처럼 차가운 물에 손을 씻고 헝클어진 머리 매무새를 다듬은 멜리사는 차가운 물에 무릎을 씻으며 몸서리를 쳤다. 아무래도 집에 가서 더운물로 다시 씻어내야만 될 것 같았다. 더위와 지루함에 지친 멜리사는 타박타박 오솔길을 내려왔다.

집에서 반 마일 정도 떨어진 큰길로 나온 그녀는 노간주나무 둥치에 몸을 기대고 무릎을 다시 살펴보았다. 이렇게 어정거리다가는 자꾸 피만 더 나올 것 같았다. 그녀는 서둘러 걸음을 옮겼다.

그녀가 구부러진 길을 따라서 2백 야드 가량 절뚝이며 걸어갔을 때였다. 자동차 한 대가 그녀의 뒤에서 천천히 다가오고 있었다.

멜리사는 조심스럽게 뒤를 돌아보았다. 은빛 차체에 반짝이는 햇빛 때문에 눈살을 찌푸렸다. 자동차가 그녀 옆으로 다가와 멈췄을 때야 가까스로 운전석에 앉은 사람을 알아볼 수 있었다.

"메리, 당신은 도움이 필요한 사람으로 보이는군. 집까지 태워 줄테니 타지 않겠소?"

존슨 로케가 그 특유의 부드러운 미소를 지으며 말을 건넸다.

멜리사는 운전석 옆자리를 쳐다보았다. 검은 가죽으로 덮인 좌석이 무척 푹근해 보였다. 더 이상 걷고 싶지 않을 정도로 지쳐 있었지만 존슨과 단 둘이 차를 탄다는 게 꺼

림칙했다. 지난 화요일에 목격했듯이 그는 언제라도 위험
스런 인물로 돌변할 소지가 많은 남자였다.

"무척 피곤해 보이는군요. 자, 어서 타요."

존슨은 차의 문을 열며 말했다. 여기서 집까지 얼마 되
지도 않는데 설마하며 멜리사는 차에 올라탔다. 멜리사는
그 가죽 시트에 몸을 싣고 안도의 한숨을 내쉬었다.

멜리사는 존슨을 옆눈으로 흘끗거리며 벌겋게 부어오른
자신의 무릎을 열심히 문질렀다. 그와 시선이 마주치자 멜
리사는 자신도 모르게 얼굴을 붉혔다. 하필이면 물에 빠진
생쥐꼴을 하고 있을 때 그가 나타날 게 뭐람!

그는 마치 동정이라도 하듯 멜리사를 쳐다보았다.

"저 숲속에 회색곰이 산다고 하더니, 당신은 그 회색곰
과 레슬링을 한 모양이군. 그게 당신의 취미요?"

존슨이 차의 액셀러레이터를 밟으며 말했다.

"상상력이 지나치군요."

멜리사가 몸을 도사리며 흐트러진 머리칼을 쓸어넘겼다.

멜리사는 턱을 꼿꼿이 치켜들고 존슨을 쏘아보았다.

"운전에나 신경을 써줬으면 좋겠군요. 나는 회색 자동차
와는 레슬링을 하고 싶지 않으니까요. 그것보다 까딱 잘못
되면 당신이 좋아하는 도박은 물론이고 이 세상과 영영 이
별할지도 모른단 말이에요. 그러니 미친 곰처럼 운전하진
말아요."

존슨이 큰소리로 껄껄거리며 웃었다.

“운전이라면 걱정 말아요. 이래봬도 한때는 경주용 자동차를 몰고 죽음에 도전하는 곡예 운전을 했던 사람이란 말이오. 도박은 돈벌이일 뿐이지 내 생활의 전부는 아니오. 나는 도박에 일생을 바치고 싶은 생각은 조금도 없어요. 나는 인생을 즐길 줄 아는 사람 중의 하나라구요, 아가씨.”

“그 말을 믿어 달란 말인가요?”

멜리사는 코웃음을 쳤다.

도박사가 달리 할 수 있는 일이 있다면 그게 뭘까? 그녀는 도박사를 옆눈으로 쳐다보다가 깜짝 놀라고 말았다. 그는 매우 심각한 표정을 짓고 있었다.

“당신은 도박꾼을 경멸하고 있군요. 그래서 내가 싫은거요?”

그는 푸른 눈동자를 번득였다.

“도박꾼들에게는 관심이 없어요. 그들의 생활을 이해할수가 없으니까요.”

멜리사의 대답은 솔직했다.

“당신의 아버지도 이해할 수 없단 말이오?”

존슨이 공손하게 물었다.

“조금은 이해하죠. 그러나……하여튼 도박꾼들은 다 그런 것 같아요.”

멜리사가 더듬거리며 대답했다.

“그렇게 성급하게 단정짓지 말아요. 도박사라고 해서 다

똑같지는 않으니까 말이오. 이를테면 나는 도박보다 당신처럼 아름다운 여자와 함께 있는 것을 훨씬 좋아한다구요.”

진지한 그의 목소리에는 암시가 깃들어 있었다.

그녀는 무릎 위에 두 손을 올려 놓고 다소곳이 앉아 있었다. 그녀는 창밖을 내다보았다. 차가 집 못미처에서 오른쪽 길로 접어들고 있었다.

멜리사는 눈을 휘둥그렇게 뜨고 존슨을 쳐다보았다.

“어디로 차를 모는 거예요?”

“걱정 말아요. 흉측한 마음을 품고 당신을 납치하려는 건 아니니까. 아, 그런 표정으로 날 보지 말아요. 다만 당신을 나의 집으로 초대하고 싶을 뿐이오.”

존슨은 눈웃음을 짓고 있었다.

“내가 왜 당신의 집으로 가야 하죠? 난 우리 집으로 가야 해요. 가서 무릎을 치료해야 한단 말예요. 자, 보세요. 난 상처를 입었다구요.”

그녀는 두려움을 느끼고 있었다. 그녀의 심장이 마구 두근거리기 시작했다. 그는 고개를 끄덕이며 그녀를 쳐다보았다. 그러나 그의 강렬한 시선은 그녀의 무릎에만 머물지는 않았다.

“알고 있소. 그 상처는 나의 집으로 가서 치료하도록 합시다.”

멜리사가 항의하기 위해서 말문을 열려고 했을 때였다.

그는 손가락을 세워 아무 말도 하지 말라는 시늉을 했다.

"뭐, 감사할 필요까진 없소. 당신의 주치의 노릇을 한다는 건 흐뭇한 일일테니까. 그리고 당신의 타월과 책도 가져가야 하지 않겠소?"

그는 정말 제멋대로 되어먹은 남자였다. 멜리사는 그렇게 밖에 생각할 수 없었다.

"나에겐 별로 필요가 없는 물건들이지만 버릴 수도 없지 않소? 혹시 지난 화요일 오후에 나를 내버려 두고 떠났던 일을 잊어버린 건 아닐테죠? 왜 그랬죠? 나를 깨울 수도 있었을텐데……."

멜리사는 건성으로 그의 말을 들으며 끓어오르는 부아를 참았다.

"당신이 내 타월과 책을 갖고 갔다는 걸 왜 잊어버렸겠어요, 미스터 로케? 나는 그 책을 반밖에 읽지 못했어요. 돌려받고 싶어요. 그 소설의 끝부분이 궁금하니까요."

"난 덕분에 그 책을 다 독파했소. 사실 억지로 읽은 거요, 미스 데러코데. 당신의 기호가 어떤지 알아보려고. 사람의 됨됨이는 그가 읽는 책을 보면 알 수 있다지 않소?"

"그것도 믿어야 하는 건가요? 독서 취향이 그 사람의 내면을 드러내 준다는 것은 미처 알지 못했군요."

멜리사는 자신의 마음을 그가 염탐한 것 같아 기분이 나빴다.

"그렇소. 당신의 경우는 음, 불치의 로맨티스트라고나

할까요?”

 존슨이 담담하게 말했다. 자동차는 이제 그의 집 어귀로 들어서고 있었다.

 “당신은 〈고딕 로맨스〉의 여주인공과 많이 닮았더군요. 사랑을 추구하면서도 항상 회의에 빠지는……. 당신은 바로 그 여주인공이 찾는 그런 남자를 원하고 있을 거요. 그 영웅님께선 몹시 사색적이고 또 용감할 거요. 언제나 오해를 받는 게 탈이지만, 그러나 아슬아슬한 위기에 빠져 있는 공주님을 구출하는 행운을 잡아요. 마침내 공주님은 사랑을 인정하고, 그래서 결혼하고, 아이를 낳고, 행복하고……. 어때요, 바로 그런 남자를 원하고 있지 않소?”

 멜리사는 그의 장광설이 우습긴 했지만 비밀이 드러난 것 같아 허전했다. 그가 지금 자신의 속마음을 꿰뚫어보고 있는 것 같았다.

 “그 책을 끝까지 보지 않아 내가 그 여주인공과 닮았는지 어떤지는 잘 모르겠군요, 나는……그렇지 않을 거예요.”

 멜리사는 말꼬리를 흐리고 말았다.

 “그렇지 않단 말이오?”

 A자 형태로 지어진 목조 저택 앞에서 자동차가 멈췄다.

 존슨은 앉은 채 몸을 돌려서 그녀를 바라보았다. 그는 부드럽게 웃으며 손등을 그녀의 뺨에 슬쩍 갖다댔다.

 “말해 봐요, 메리. 당신이 그리는 영웅 타입은 어떤 사람인가요? 나에겐 말하기 싫소?”

“왜 내가 그런 걸 말해야 되죠? 내가 뭐 죄지은 사람인
가요?”

멜리사는 고개를 돌리고 몸을 사렸다.

“그렇게는 말하지 않았소. 그러나 당신이 생각하는 영웅
과 내가 닮지 않았다면 웬지 슬퍼질 것 같아서 말이오.”

멜리사는 햇볕에 그을린 그의 갈색 얼굴을 쳐다보았다.

“그것은……그런 영웅은 실재 인물이 아니잖아요? 당신
은 직업 도박사고, 나는…….”

“당신은 역시 도박사를 싫어하는군. 내 말이 맞지 않소,
메리?”

그는 개구쟁이처럼 웃으며 말을 이었다.

“당신을 보고 있으면 그 공주님이 생각나요. 공주님은
늘 그 기사를 믿지 않았어요. 그러다가 막판에 가서야 자
신의 잘못을 깨닫고 마음을 돌렸어요. 당신도 그 공주님처
럼 오해를 하고 있는 게 아니오?”

멜리사는 그의 콧대를 꺾어 놓고 싶었지만 아무 말도 떠
오르지 않았다.

존슨은 먼저 차에서 내려 그녀 쪽으로 와선 문을 열고
손을 내밀었다. 멜리사는 차마 그 손을 거절하지 못했다.
그녀가 차에서 나와 간신히 반응을 보였다.

“집에 돌아가야겠어요. 나는 정말…….”

“뭐가 잘못됐소? 나를 두려워하고 있군.”

존슨은 그녀의 손에 힘을 주었다가 놓았다.

"그런 건 아녜요. 내가……당신을 두려워할 이유가 없잖아요?"

멜리사는 어깨를 흠칫했다.

"반가운 말이군."

그는 멜리사의 팔꿈치를 가볍게 쥐고 현관으로 인도했다. 멜리사는 자신의 두려움을 감추기 위해 허세를 부리고 있었다. 그녀는 묵묵히 걸어가며 그의 옆모습을 쳐다보았다. 그가 마치 자신을 홀리는 마력의 악마처럼 느껴졌다.

무례한 사람

존슨의 집 내부는 시골풍으로 꾸며져 있었다. 성당처럼 높은 천장을 받치는 벽은 전부 값비싼 나무로 되어 있었다. 돌로 만들어진 대형 벽난로 앞의 마루에는 나바조 양탄자가 깔려 있었다. 양탄자는 은은한 갈색이었고 그 둘레에 놓인 소파는 황갈색과 청색이 반쯤 섞인 시트로 덮여 있었다.

한쪽 벽에는 지방 화가들이 그린 시에라 네바다 산맥을 담은 대형 풍경화가 걸려 있었다. 그 앞에 놓인 고풍스런 덮개 달린 책상도 무척 인상적이었다.

존슨은 멜리사를 소파로 안내했다. 그녀는 마지못해 걸음을 옮겼다. 마음이 편하지 못했던 것이다. 존슨은 그런 그녀의 팔꿈치를 붙잡고 억지로 소파로 이끌었다.

"앉아요, 메리. 먼저 당신의 무릎을 치료해야겠소."

그는 강제로 멜리사를 소파에 앉혔다. 그리곤 아무 말 없이 문을 열고 나갔다. 멜리사는 크게 심호흡을 하면서 그의 뒷모습을 지켜보았다.

멜리사가 머리끈을 풀어 머리칼을 매만지고 있는 동안 그가 돌아왔다. 그의 손에는 금속 대야와 빨간 십자가가 선명한 구급약품 상자가 들려 있었다.

존슨은 그녀의 발치에 무릎을 꿇고 앉았다. 따뜻한 비눗물이 담긴 대야에서는 모락모락 김이 솟아올랐다. 멜리사의 눈에는 그의 황금빛 머리칼이 가득 들어왔다. 그는 탈지면에 비눗물을 적신 다음 무릎 상처 부위를 깨끗이 닦았다.

멜리사는 긴장한 탓에 호흡이 고르질 못했다. 탈지면이 상처를 건드렸을 때는 자신도 모르게 몸을 떨었다. 존슨이 동정 어린 시선으로 그녀를 올려다보았다.

"따가워도 참아야 해요. 상처 부위를 철저히 소독해야 하니까요."

그는 조심스럽게 손을 움직이며 말했다. 그는 마른 거즈를 집어들고 물기를 닦아내기 시작했다. 그의 손끝이 상처를 건드릴 때마다 멜리사는 심호흡을 했다.

멜리사는 남자의 손길이 이처럼 부드러우리라고는 상상도 하지 못했었다. 그녀는 그의 손이 피부에 닿는 것이 싫지 않았다.

멜리사는 감았던 눈을 크게 떴다. 그는 상처 위에 연고를 바르고 있었다. 어찌나 따갑던지 하마터면 존슨의 머리칼을 움켜잡을 뻔했다. 멜리사는 손바닥을 비비며 이를 악물었다.

치료가 모두 끝났지만 존슨은 그 자리에서 선뜻 일어서려하지 않았다. 그는 멜리사의 늘씬한 다리에 넋을 놓고 있었다. 그의 손이 갑자기 상처입지 않은 다리를 향해 움직였다.

멜리사는 깜짝 놀라 숨을 크게 들이쉬었다. 벌써 그의 손이 그녀의 다리를 쓰다듬고 있었다. 멜리사는 그의 손길을 제지해야 한다고 생각했지만 마음과는 달리 꼼짝할 수가 없었다. 가슴만 자꾸 부르르 떨렸다.

그의 손길은 멜리사의 혈관을 불바다로 만들고 있었다. 그녀는 난생 처음 느끼는 이 전율적인 쾌감에 어쩔 줄을 몰랐다. 멜리사는 그의 푸른 눈동자 속에서 타오르는 불길에 완전히 사로잡혀 있었다.

멜리사는 열정으로 떨리는 몸과 마음을 가다듬으며 그의 손길을 막아 보려고 노력했다. 그런데 그녀의 손은 그의 머리를 거머쥐고 있었다.

"메리."

그도 떨리는 목소리로 중얼거렸다.

그때 문 밖에서 요란한 소리가 들려왔다. 존슨은 손을 떼고 문 쪽으로 고개를 돌렸다. 방 안에 고조되던 분위기가 순식간에 바뀐 것이다.

개 한 마리가 쏜살같이 방 안으로 들어와 요란스럽게 짖어대며 존슨의 어깨로 뛰어올랐다.

"앉아, 조지아!"

노란 바탕에 크림색 둥근 점이 조화를 이루고 있는 라브라도 종 사냥개가 존슨을 쳐다보며 마루에 주저앉았다. 개의 검은 눈동자에는 주인에 대한 충성심이 가득했다. 굵고 단단한 꼬리가 마룻바닥을 탁탁 치고 있었다.

멜리사는 갑작스런 사냥개의 출현에 마음이 한결 개운해졌다.

"정말 훌륭한 개군요, 존슨. 당신이 키우는 건가요?"

멜리사는 개에게 손을 내밀었다. 개는 킁킁거리며 그녀의 손바닥을 핥았다.

존슨의 얼굴이 익살스럽게 변했다.

"라스베이거스에 갔다가 길을 잃고 시내를 헤맨 적이 있었소. 마침 애완 동물 가게 앞을 지나는데 어떤 검은 눈동자가 나를 물끄러미 쳐다보지 않겠소? 그래서 쇼윈도 앞에서 걸음을 멈추고 가게 안을 들여다보니 이 녀석이 쭈그리고 앉아 슬픈 표정으로 나를 쳐다보고 있었다오. 그래서 이 녀석을…… 지금 생각하니 이 녀석이 그때 쇼를 했던

게 분명해요.”

멜리사는 존슨의 시선을 피해 개의 머리를 쓰다듬었다. 그녀는 내심 존슨의 새로운 면모에 놀라고 있었다.

일반적으로 도박사들에게서는, 그녀의 아버지 역시 마찬가지였지만, 존슨처럼 감상적인 면모는 찾아볼 수 없었다. 멜리사는 짐승을 사랑하는 존슨의 마음이 흥미로웠다.

존슨은 정말 수수께끼 같은 사람이었다. 멜리사는 뭐가 뭔지 갈피를 잡을 수 없었다.

멜리사는 존슨의 시선을 의식하였지만 개만 쳐다보며 입을 열었다.

“왜 이름을 조지아라고 붙였나요?”

“이 녀석의 반질반질한 털이 조지아 복숭아 같더군요.”

“나도 그런 얘기를 들은 적이 있어요. 그 복숭아 껍질은 강아지 털처럼 매우 부드럽다고 하더군요.”

멜리사는 사냥개의 곱슬곱슬한 털가죽을 쓸어 보면서 말했다.

“조지아는 이제 5개월이 지났어요.”

“그래요? 맙소사, 이 개가 완전히 자라게 되면 얼마만하게 되죠?”

멜리사는 자신의 무릎 높이 정도의 조지아의 앞다리를 살펴보며 물었다.

“그건 나도 모르겠소. 다만 그 녀석의 집이 이 방만큼 크지 않아도 됐으면 하고 바랄 뿐이오.”

존슨이 어깨를 으쓱하자 멜리사는 웃음을 터뜨렸다. 그의 푸른 눈동자는 개구쟁이 같았다.

"만약 조지아가 말만큼 자란다면 기네스북에 오를 거예요. 당신도 그 주인으로서 함께 오르게 될 거구요."

"그런 큰 개를 먹여 살릴 수만 있다면야."

그가 짐짓 퉁명스럽게 대답했다. 그는 어깨로 흘러내린 멜리사의 머리칼을 매만졌다. 비단결처럼 부드러운 머리카락이었다.

그는 멍한 눈으로 그녀를 바라보고 있었다. 그의 눈동자 속에는 진지한 열망이 깃들어 있었다.

멜리사는 위기를 만난 것 같은 기분이 들었다. 그때 조지아가 갑자기 벌떡 일어나 존슨을 향해 컹컹 짖어댔다.

존슨이 멜리사의 손을 잡고 그녀를 일으켜 세웠다. 그는 아쉬운 표정을 하고 있었다.

"호수까지 산책이나 합시다. 조지아가 무척 심심한 모양인가 보오."

조지아는 앞발로 마룻바닥을 박박 긁고 있었다.

멜리사는 그와 함께 산책을 하고 싶은 마음이 없었지만 반대 의사를 표명할 수가 없었다. 무언중에 존슨이 가하는 압력은 그녀를 무기력하게 만들고 있었다. 그것은 이상한 일이었다. 멜리사는 자신의 다리에서 힘이 빠지는 것 같은 기분을 느꼈다.

그들은 호숫가로 이르는 작은 길로 내려갔다. 소나무의

진한 솔잎 냄새가 향기로웠다. 멜리사는 자기가 마치 환상 속에 빠져 있는 것 같다고 생각했다.

멜리사는 지금까지 그려왔던 남성상에 대해서 생각해 봤다. 존슨이 그 남자일 리는 분명 없었다. 그러나 자꾸 존슨의 얼굴이 그 남자의 얼굴과 겹쳐지는 것이었다.

박력이 있으면서도 따뜻한 마음씨를 가진 남자. 외형적인 매력 못지않게 내적으로도 고상한 남자. 그 남자는 누구인가? 도박사였던가?

두 사람은 묵묵히 호숫가까지 걸어왔다. 존슨이 먼저 모래밭에 주저앉았다. 그는 다리를 길게 뻗고 손으로 뒤를 짚었다.

멜리사는 무릎을 감싸고 그의 옆에 앉았다. 상처입지 않은 무릎 위에 턱을 올려 놓았다. 멜리사의 앉은 모양은 조개가 자신을 방어하기 위해 단단한 껍질 속에 몸을 도사리고 있는 것과 흡사했다.

몇 분이 지나도록 그들은 그렇게 앉아만 있었다. 조지아는 이곳저곳 모래밭을 주둥이로 파헤치고 다녔다.

멜리사 앞에서 모래를 헤치던 강아지가 갑자기 몸을 털자 모래 먼지가 그녀에게 날아왔다. 그녀는 기겁을 하고 모래를 옷에서 털어냈다. 존슨이 가볍게 킥킥 웃었다. 멜리사도 따라 웃으며 그를 쳐다보았다. 그녀의 마음은 많이 누그러져 있었다.

"조지아가 뭘 찾는 걸까요?"

"특별한 무엇은 아닐 거요. 제딴에는 가치 있는 어떤 것을 찾아내려고 저러는 거겠지만. 사람들이 뭔가를 찾아내려는 행위와 조금도 다르지 않을 거요. 당신 생각은 어떻소, 메리?"

"나에게는 너무 철학적인 질문인 것 같군요. 그건 심리학자들에게나 맡겨야 되지 않을까요?"

멜리사는 손바닥을 맞비볐다.

"아니 왜요? 당신은 인간의 본성에 관해 생각해 보는 것에는 흥미가 없나요?"

참 별난 도박꾼이라고 멜리사는 생각했다. 도박꾼과 함께 철학적인 문제를 토론하게 되다니……. 도박꾼들이란 순간적인 쾌락만을 추구하는 사람들이 아닌가? 그런 사람들이 어떻게 인간의 본성에 관해 이야기할 수 있단 말인가?

존슨이 지금 속임수를 쓰고 있는지도 몰랐다. 그가 속임수를 쓰고 있는 것이라면 그는 정말 뛰어난 배우임에 틀림없다. 저렇게 진지한 표정을 연출할 수 있다니…….

멜리사의 마음 속에 도사리고 있는 도박사들에 대한 깊은 불신은 쉽게 가시지 않았다. 존슨은 멜리사의 숨은 표정을 읽으며 한숨을 내쉬었다.

"당신은 도박꾼들에게 혐오감을 갖고 있소. 그것은 당신의 아버지 때문인가요, 그렇지 않으면 나 때문인가요?"

그의 물음은 퉁명스러웠다.

"둘 다요."

멜리사는 그가 아버지를 꼬집는 것이 놀라웠다. 그녀는 다시 턱을 무릎에 내려놓고 멍하니 호수를 바라보았다.

"아버지는 가족을 버리고 떠났었죠. 내가 세 살 때였어요. 도박을 위해서 어머니와 나를 버리고 떠난 거예요. 그런데 내가 어떻게 도박꾼들을 좋아하겠어요?"

"남자들이 다 똑같지는 않아요, 메리. 어떻게 생각할는지 모르지만 도박꾼들도 마찬가지라오. 당신의 아버지가 젊은 시절에 무책임한 행동을 했다고 해서 그런 눈으로 다른 사람을 평가한다는 것은 잘못입니다."

"옳은 말씀이에요. 그런데 당신은 어떻게 살아가고 있는 거죠? 당신은 사람들이 평생 동안 벌어야 할 돈을 하루 저녁에 만질 수 있어요. 당신은 그런 생활이 바람직하다고 생각하나요? 그리고 당신이라는 사람은 사회에 무슨 기여를 하고 있는 거죠?"

멜리사가 쏘아붙였다.

"당신이 주장하는 사회에의 기여라는 것은 어떤 것이오? 당신이 바람직하다고 보는 인생은 어떤 것이오?"

멜리사는 다시 방어에 들어갔다.

"아직은 구체화되지 않은 상태예요. 다른 사람, 이웃을 도울 수 있는 것이라면 좋겠죠. 의사라든가 아이들을 가르치는 교사라든가 사회사업을 한다든가 말예요."

"매우 바람직한 야심이군요. 당신은 그중 어느 것을 선

택해도 성공할 겁니다. 그 직업들이 당신에게 썩 잘 어울릴 것 같소. 당신은 따뜻하고 사랑스러운 사람이니까.”

진지한 말이었지만 멜리사는 아무 말도 하지 않았다. 그녀는 존슨과 이런 얘기를 하는 것이 거북했다. 멜리사는 화제를 바꾸고 싶었다.

“며칠 전 당신이 이름을 밝혔을 때 나는 문득 어디선가 들어 보았던 이름이라는 생각이 들었어요. 지금에야 그것이 기억나는군요. 존슨 로케라는 소설가에 관해 들어 본 적이 있나요? 혹시 당신의 아버지가 아닌가요?”

“아니오. 나도 그 이름을 들은 적이 있소만 그 작가의 책은 읽어 본 것이 없소. 당신은 그 작가의 작품을 읽어 보았소?”

“그럼요. 당신도 한번 구해서 읽어 보세요. 그의 작품은 구성도 치밀하고 작중 인물들의 성격도 두드러져요. 게다가 문체는 소박한 간결체예요. 작중 인물들은 모두 사랑과 인생의 진정한 의미를 추구하는 성실한 사람들이에요. 그는 한마디로 훌륭한 작가예요. 당신이 원한다면 그의 소설을 빌려 드리겠어요.”

멜리사는 진지하게 말했다.

“꼭 읽어 보고 싶소. 그런데 당신은 비평가가 되고 싶은 생각은 없소? 당신은 작가의 장점만을 꼬집을 수 있는 지혜를 갖고 있군요. 흔히 비평가들은 작품의 단점만을 밝혀 내는 것을 좋아하지 않소? 존슨 로케가 당신의 말을 들었다면 무척 기뻐하겠군요.”

“어떤 비평가들은 악평만을 일삼고 있어요. 그러나 비평가들이 모두 칭찬에만 치우친다면 아무도 책을 읽으려 들지 않을 거예요.”

“그래요, 비평가들 사이에서 구설수로 떠오른 작품이 가끔 베스트 셀러가 되는 경우도 있어요.”

존슨이 그녀의 말에 덧붙였다.

멜리사는 어느덧 긴장이 완전히 풀려 있었다. 그녀는 다리를 앞으로 쭉 뻗었다. 무슨 책을 즐겨 읽느냐고 존슨에게 묻고 싶었다.

그때 열심히 모래밭을 파헤치던 조지아가 작은 막대기를 입에 물고 존슨 앞으로 달려왔다. 조지아는 막대기를 내려놓았다.

“좋아, 잘 찾아오라구.”

존슨이 벌떡 일어나서 그 막대기를 호수 속으로 힘껏 던졌다. 조지아는 노란 머리만 수면에 내놓고 막대기 있는 곳으로 헤엄쳐 들어갔다. 조지아가 막대기를 찾아오면 존슨이 그걸 던지고 하는 놀이가 몇 차례 반복되었다. 멜리사는 이내 그들의 놀이에 흥미를 잃었다.

멜리사는 막대기를 집어 던지는 존슨의 어깨를 쳐다보았다. 정말 힘차게 불거진 근육이었다. 존슨은 땀을 뻘뻘 흘리면서 셔츠를 벗어 버렸다. 그녀는 그의 넓고 건장한 등에서 눈을 뗄 수 없었다. 부드러운 살갗이라는 생각이 불현듯 들었다. 그의 등을 쓰다듬어 보고 싶은 욕망이 치밀었다.

그것은 멜리사의 감춰진 육체적 욕망이었다. 얼굴이 갑자기 붉어진 멜리사는 얼른 고개를 숙였다.

그녀는 모래를 한 웅큼 집었다. 손을 위로 들자 손가락 사이로 모래가 술술 흘러나왔다. 그녀는 욕망을 떨쳐 버리려고 애썼다.

물 속에서 기어나온 조지아는 온몸을 흔들어 대며 물기를 털어냈다. 조지아는 모래밭 위에 배를 깔고 몇 번 몸을 굴리더니 갑자기 일어서서 두 사람이 있는 쪽으로 달려왔다. 그것은 질풍 같은 속력이었다. 조지아는 쏜살같이 달려와서 멜리사 앞에 기우뚱하고 멈췄다. 조지아가 멜리사에게 나타내는 우정의 표시였다.

그러나 멜리사는 갑작스러운 조지아의 장난에 기겁을 하고 뒤로 나동그라졌다. 그녀로선 전혀 예상치 못한 일이었기 때문이었다. 그녀는 정신을 차릴 수가 없어서 눈을 감고 그대로 누운 채 가쁜 숨만 몰아쉬었다.

존슨이 소리를 치며 달려왔다. 조지아는 꼬리를 다리 사이에 감추고 허둥지둥 달아났다.

멜리사는 그제서야 눈을 떴다. 존슨이 바로 옆에 앉아 내려다보고 있었다.

"괜찮아요, 메리? 바위에 머리를 부딪치지 않은 게 정말 다행이군."

존슨의 숨결은 고르지 않았다. 그는 멜리사의 머리맡 바로 옆에 삐져나온 바위를 가리켰다.

"다치지는 않았어요."

멜리사는 자신의 뒷머리를 만져 보았다. 그리곤 자신도 모르게 두 손을 허공으로 들어올렸다. 그녀의 떨리는 손가락 끝이 그의 뺨을 스쳤다. 그 순간 존슨의 눈동자에서 섬광이 번쩍였다. 멜리사는 자지러지게 놀라며 손을 거두었다.

위기의식을 느꼈던 것이다.

"메리!"

"안 돼요."

멜리사는 다급하게 외쳤다. 그러나 그것은 때늦은 외침이었다. 그의 입술이 벌써 그녀의 입술을 찾고 있었다.

존슨은 그녀의 머리를 두 손으로 받쳐들었는데 그의 손가락들은 어느새 비단결 같은 그녀의 머리칼 속으로 파고들어왔다. 멜리사는 그의 입술을 피하려고 애썼다.

그러나 그녀의 내부 깊숙이에서 욕망의 불길이 치솟고 있었다. 고통스러운 욕망이었다. 그 고통은 순식간에 격정의 불길로 변했다. 그녀의 신경 조직은 한꺼번에 전율했다.

존슨의 손길은 즐거움과 고통을 동시에 창출해 내고 있었다. 그는 낮은 신음 소리를 내며 그녀의 몸에 자신의 체중을 실었다. 멜리사의 몸은 점점 모래밭 깊이 파묻혀 들어갔다.

　존슨은 완벽한 솜씨로 그녀를 리드해 나갔다. 미묘한 열기가 그녀의 전신에 퍼졌다. 그의 움직임은 격정적이었다. 굳건한 성벽같던 멜리사의 자제심은 벌써 허물어져 있었다. 그녀는 한 발자국씩 뜨거운 불길 속으로 걸어 들어가고 있는 것이다.

　망설임이나 주저함은 이미 불꽃 속에 녹아들고 말았다. 그녀는 이제 아무것도 생각할 수 없었다. 다만 느끼고 있을 뿐이었다. 그녀는 그의 몸 아래서 불을 지필 뿐이었다. 이 순간을 기다리고 있었다는 듯…….

　멜리사는 가녀린 팔로 그의 목덜미를 휘감았다. 그녀의 작은 손은 그의 황금빛 머리칼을 거머쥐고 있었다. 또한 그녀의 두 다리는 그의 양 무릎 사이에 결박되어 있었다.

　멜리사의 입에서 거친 숨결이 터져 나왔다.

“메리, 잠깐만.”

　존슨이 거친 목소리로 속삭였다. 그가 그녀에게서 얼굴을 떼어내려 했지만 그녀의 입술이 오히려 결사적으로 매달렸다.

　멜리사가 눈을 떴다. 그녀의 눈빛은 열렬히 존슨을 열망하고 있었다. 자신을 자제해야겠다는 존슨의 생각을 날려버리려는 갈망의 눈빛이었다. 그의 입술이 다시 그녀의 입술을 찾기 시작했다.

　그는 멜리사의 블라우스 단추를 풀어 헤쳤다. 멜리사는

온몸을 떨며 자신이 여자라는 것을 느꼈다. 그녀는 흐느끼고 있었다.

존슨이 그녀의 머리를 들어올렸다.

"메리, 당신은 지금 자제력을 잃고 있소."

그는 신음하듯 말했다. 그러나 그녀는 아무런 말도 필요 없다는 듯이 더욱 세차게 그를 끌어안았다. 그는 멜리사의 입을 자신의 입술로 봉해 버리고 손을 그녀의 속옷 속으로 밀어 넣었다. 그의 긴 손가락들은 그녀의 부푼 가슴을 쓰다듬어 내렸다. 그의 손가락들도 파르르 떨리고 있었다.

그는 떨리는 목소리로 속삭였다.

"메리, 당신을 갖고 싶어!"

존슨의 손이 점점 아래로 내려갔다. 그는 멜리사가 입고 있는 반바지의 자크를 찾고 있었다. 그는 그녀의 얼굴 위에 뜨거운 열기를 마구 토해냈다.

"두렵지 않소? 두렵다면……."

멜리사는 그제서야 가까스로 제정신을 찾을 수 있었다. 멜리사는 그의 말이 무엇을 의미하는지 알 수 있었다. 그는 지금 그녀에게 돌아갈 것을 권하고 있는 것이다. 그녀는 그것을 받아들여야만 했다.

멜리사는 자신의 행동이 부끄럽고 혐오스럽기까지 했다. 그녀는 울먹이며 그의 손을 붙잡았다. 그리고 그의 가슴을 밀쳐내고 모로 돌아누워 소리내어 울기 시작했다. 터져 나오는 울음을 참을 수가 없었다.

멜리사는 존슨을 받아들인 거나 다름없는 자신의 행동이
수치스러웠다. 진정 자기 자신을 용서할 수 없었다. 존슨
도 그녀 쪽으로 돌아누웠다. 그는 멜리사의 어깨를 잡고
자기 쪽으로 그녀의 몸을 돌렸다.

"제발 울지 말아요, 메리. 당신이 원하지 않는 것은 아
무것도 하고 싶지 않아요."

존슨은 붉게 상기된 멜리사의 얼굴을 손등으로 쓰다듬었
다.

"알고 있어요. 그러나 나는 스스로 당신을 원했던 거예
요. 그러나 다시는 그러지 않을 거예요. 내 자신을 포기할
수는 없어요. 버림받게 내버려둘 수는 없어요."

멜리사는 어깨를 들썩이며 울고 있었다. 입술을 굳게 깨
물고 있었다.

존슨의 얼굴이 차갑게 변했다.

"버림받을 것이라고 생각하오? 내가 단지 욕망을 채우
기 위해서 당신을 원했단 말이오, 메리? 당신은 나에 대한
편견이 너무나 강하군. 그렇지 않소?"

그녀는 날카로운 그의 시선을 마주 대할 수가 없었다.

"나는 당신 같은 남자들이 추구하는 인생이 무엇인지 잘
알고 있어요. 당신이 좋아하는 여자가 어떤 부류라는 것
도. 만일……만일 앞으로 당신이 나와 관계를 가진다 해도
그것은 아무런 의미도 없는 일일 거예요. 당신이 다른 여
자들에게 대하는 것과 전혀 다를 게 없을 거예요. 그러나

존슨, 우리들의 가치관은 너무나 달라요. 지금의 내가 정말 저주스러워요. 이제 나를 잊어 주세요.”

“당신은 아직도 철부지요, 메리.”

그는 천천히 일어섰다. 그리곤 멜리사도 일으켜 세웠다. 멜리사는 옷 매무새를 바로 했다. 그의 푸른 눈동자가 쏘아보고 있었다.

“당신은 정말 어린애야. 그런데 나는 당신이 성숙한 여자라고 잘못 생각했던 거요. 당신은 소심한 소녀에 불과하다구. 나에게는 너무 어린지도 모르지. 자, 집까지 바래다 주겠소.”

존슨의 신랄한 평가는 참으로 듣기 힘든 것이었다. 멜리사에게는 치욕적인 말이었다. 그러나 아무런 말도 나오지 않았다.

존슨이 운전하는 차를 타고 오면서 멜리사는 무슨 말이라도 해야만 될 것 같았다. 그러나 두 사람은 각기 다른 생각에 잠겨 앞만 바라보았다.

자동차가 요란한 소리를 내며 멜리사의 집 앞에 멈췄다. 자욱한 흙먼지가 차 뒷바퀴에서 풀썩 일었다. 멜리사는 힐끔 곁눈질을 했다. 분한 마음은 여전히 수그러들지 않은 채였다.

존슨이 문을 열어 주기 위해 그녀 앞으로 몸을 굽혔다.

그의 팔이 그녀의 젖가슴을 슬쩍 건드렸다. 그녀가 몸을 움츠리자 존슨이 씩 웃었다.

멜리사는 더 이상 참을 수가 없었다.

"당신은 정말 신용할 수 없는 도박사에 불과하군요. 감히 나더러 어린 소녀라고 몰아붙이다니. 당신은 그런 말을 할 자격이 없는 사람이라구요. 당신 역시 철부지 소년일 따름이에요. 책임감 없는 사람들과 어울려 도박으로 인생을 탕진하는 어른도 있나요? 그런 쓰레기들을 어떻게 어른이라고 할 수 있죠?"

존슨의 얼굴이 심하게 일그러졌다.

"지금 당신이 무슨 말을 했는지 알기나 하는 거요, 메리? 버릇을 단단히 고쳐 주고 싶은데."

그는 위협조로 말했다. 멜리사의 심장이 쿵쿵 뛰었다. 그러나 멜리사는 고삐를 늦추지 않았다.

"어디 한번 버릇을 고쳐 보세요!"

멜리사는 그 말을 차 안에 남기고 문을 쾅 닫고 뛰어나왔다. 그리고 집을 향하여 쫓기는 듯이 달려갔다.

존슨의 차가 떠나가는 소리가 뒤에서 들려왔다. 멜리사는 그제서야 걸음을 늦추고 가쁜 숨을 몰아쉬었다.

"그는 정말 형편없는 도박사에 불과해. 무례한 작자라구!"

멜리사는 현관문을 닫으며 중얼거렸다. 그녀는 곧장 제시 휘트니에게 전화를 걸었다. 제시와 그녀의 남동생을 내일 저녁 식사에 초대한다는 내용이었다.

　멜리사는 수화기를 내려놓으며 회심의 미소를 지었다.
그것은 존슨 로케에 대한 반발이었다.
　"홍, 존슨은 자기 자신만이 세상에서 유일한 남자인 줄
착각하고 있다구."

두 남자

멜리사는 지겹다는 생각을 했다.

이렇게 지루한 시간을 보내기는 처음이었다. 아버지와 제시는 저녁 시간에 맞추어 집에 올 수 없다는 전갈이 있었다. 그래서 혼자 찾아온 사이몬 휘트니를 직접 데리고 시내로 나온 것이다.

사이몬 휘트니는 그녀가 당황할 정도로 무딘 사람이었다. 훤칠한 겉모습만은 상당히 매력적이었으나 그의 성품은 그렇지 못했다.

멜리사는 제법 신경써서 타호에서 가장 품위 있는 레스

토랑을 골랐는데 사이몬은 불평만 터뜨리는 것이었다.

"이곳은 너무 어둡군요. 도대체 글씨를 알아볼 수가 없으니."

사이몬은 메뉴를 들여다보며 또 투덜거렸다. 멜리사는 억지 미소를 지었다. 그녀의 눈에는 메뉴의 글씨가 잘 보이는데 왜 그는 안보인다고 하는지 알 수 없었다.

"그것은 조명 탓일 거예요. 실내 분위기를 은은하게 만들려고 전등을 켜지 않고 일부러 촛불을 켜놓았잖아요? 나는 이곳이 몹시 로맨틱하다고 생각되는데요?"

"로맨틱하다구요?"

그는 멜리사를 힐끗 쳐다보았다. 그는 로맨틱하다는 단어의 의미를 모르는 사람 같았다.

멜리사는 푸른 드레스에 달린 레이스를 만지작거리며 실망한 표정을 감추었다. 그녀가 입고 있는 드레스는 가장 우아하고 세련미가 넘친다고 평소에 생각해 온 옷이었다. 그녀가 갖고 있는 옷 중에 가장 아끼는 것이었다. 그래서 오늘 밤 입고 나온 것이다.

그 드레스는 목 둘레가 깊이 파여 있었다. 그것은 그녀의 봉긋한 젖가슴 곡선을 은근히 강조했다. 그러나 멜리사가 신경쓴 것만큼 그 옷은 효과를 발휘하지 못했다. 사이몬은 그녀의 드레스에는 아무 관심도 없는 모양이었다.

멜리사는 차라리 푸대 자루를 걸치고 나올 걸 그랬다고 생각했다.

“식사를 마치고 좀 밝은 곳으로 자리를 옮기는 것이 어떨까요? 쇼를 하는 곳이면 더욱 좋겠군요.”
사이몬이 불쑥 말을 건넸다.
“벌거벗은 여자들이 나와 춤추는 곳 말인가요? 뭐, 생각은 없지만 당신이 원하신다면 함께 갈 수도 있어요.”
멜리사는 비꼬는 투로 대답했다.
“아닙니다. 그런 뜻이 아니었어요. 나도 그런 천박한 공연은 보고 싶지 않아요. 쇼걸들의 춤은 정말 별볼일 없을 겁니다.”
사이몬은 얼굴을 벌겋게 붉히고 극구 부인했다.
“생각이 달라지셨군요. 그렇지만 케다스의 무대에 출연하는 여자들 중에는 대단한 멋쟁이도 있다는 걸 아셔야 할 거예요. 천박하다고 일방적으로 몰아붙이진 마세요.”
멜리사는 애써 부드럽게 말했다.
웨이터가 주문을 받으러 왔다.
“흠, 맛있고 값도 싼 게 뭘까?”
사이몬은 웨이터를 쳐다보며 중얼거렸다. 그런 후 멜리사의 의사도 묻지 않고 일방적으로 음식을 주문했다. 그것은 넙치 요리 풀코스였다.
“당신이 넙치 요리를 좋아하는지 모르겠군요. 나는 무척 좋아합니다.”
웨이터가 가버린 다음에야 비로소 생각난 듯 그는 멜리사의 동의를 구했다. 멜리사는 자리를 박차고 일어서고 싶었지만 꾹 참기로 했다. 말문을 열기가 좀처럼 어려웠다.

"넙치는 좋아하지만 보리 수프는 질색이에요. 차라리 완두수프가 낫겠어요."

"당신에겐 보리 수프가 더 좋을 겁니다. 완두 수프에는 설탕이 들어가요. 설탕이 치아를 해친다는 것은 당신도 알고 있죠?"

그는 손가락으로 멀건 보리 수프빛 같은 거리칼을 쓰다듬으며 말했다.

"그건 치과 의사다운 말씀이군요."

멜리사는 그가 치과 의사라는 직업에 대하 장황한 설명을 덧붙일 것이라고 기대했다. 사이몬의 말을 들어 주기만 하는 것이 더 편할 것 같았다. 고개만 끄덕이면 될테니까.

멜리사의 기대는 어긋나지 않았다. 사이몬은 식사 중에 쉴새 없이 떠들었다. 치과 대학 시절부터 개인 병원에서 일하는 요즘까지, 그리고 타호의 인상도 빼놓지 않았다. 그의 얘기는 여간 장황스러운 것이 아니었다.

사이몬은 신바람을 내며 그의 인생 드라마를 엮어냈다. 치과 의사로서의 체험에 관한 것은 흥미도 약간 있었다. 그러나 고개만 끄덕이는 멜리사에게는 정말 지루한 저녁이었다.

멜리사는 한숨을 푹푹 내쉬면서 식사를 마쳤다. 어떻게 하면 이 자리에서 빨리 벗어날 수 있을까 하는 것이 그녀의 바람이었다. 그렇지만 뾰족한 수가 얼른 떠오르지 않았다.

커피를 마신 후 사이몬이 춤을 추자고 제안했다. 사이몬은 플로어가 있는 옆방으로 그녀를 이끌었다. 그곳의 조명 역시 흐릿했다. 멜리사는 억지로 그와 팔짱을 끼고 플로어로 걸어 나왔다.

사이몬은 자꾸 곁눈질을 하며 멜리사의 가슴께를 훔쳐보았다. 그의 한쪽 손은 멜리사의 어깨에 또 한쪽 손은 허리에 가 있었다. 플로어에 오르자마자 그는 멜리사의 허리를 바짝 당겼다. 그 순간 멜리사가 앞으로 휘청하고 넘어질 듯이 비틀거렸다. 엉겁결에 그의 손이 그녀의 젖가슴을 받쳤다.

멜리사는 몸을 부르르 떨며 뒤로 한 발짝 물러섰다.

"좀 조심하세요, 사이몬."

그녀는 날카롭게 눈을 흘겼다. 희미한 불빛 속에서도 그의 얼굴이 붉어지는 것을 쉽게 볼 수 있었다.

"미안합니다, 멜리사. 당신은 미인입니다. 미인은 화를 내지 않는 법이랍니다."

사이몬은 다시 그녀의 허리를 잡아당기며 중얼거렸다.

"우린 오늘 밤 처음 만났다구요. 겨우 저녁 식사를 함께 했을 뿐이잖아요?"

"그 이상의 의미를 찾을 수도 있다고 보는데요. 제시가 일러 주더군요. 내가 이곳에 머무는 동안 당신과 함께 시간을 즐겁게 보낼 수 있을 거라고. 지금 당신을 대하니 정말 그런 기분이 드는군요. 당신은 미인입니다. 내일은 어떻습니까? 함께 낚시를 하러 가지 않겠어요? 내가 아는 멋진 장소가 있습니다.”

사이몬은 멜리사의 드레스 네크라인을 계속 흘끗거렸다. (흥, 이런 머저리하고 함께 가느니 차라리 드라큐라와 낚시를 하러 갈테야) 멜리사는 차마 그 말을 입 밖에 낼 수는 없었다.

멜리사는 씁쓰레하게 웃으며 고개를 저었다.

“미안해요. 나는 내일 무척 바빠요. 꼭 해야 될 일이 있어요.”

“그럼, 내일 밤은 어떻습니까?”

“아마 밤을 새워야 일이 끝날 거예요. 미안하게 됐군요.”

멜리사는 그가 더 이상 치근거리지 못하도록 단호하게 말을 자르고 얼른 화제를 바꿨다.

“오랜만에 동생을 만나서 제시는 기쁠 거예요. 두 분은 너무 멀리 떨어져 사니까 만날 기회가 드물겠군요.”

“아닙니다. 꼭 그런 것만은 아닙니다.”

사이몬의 대답은 시큰둥했다.

“나는 제시에게 이곳을 떠나서 나와 함께 필라델피아로 가자고 말했어요. 그러나 누나는 내 말을 들으려 하지 않더군요. 정말 바보 같은 일입니다. 뭐가 옳은지를 모르고……”

그는 멜리사가 귀를 기울이지 않고 있다는 것을 알아채고 말을 그쳤다.

"이봐요, 멜리사. 내 이야기를 듣고 있는 겁니까?"

멜리사는 그의 볼멘 소리에 퍼뜩 정신이 들었다. 그녀의 시선은 플로어 저편에서 춤추는 한 쌍의 남녀에게 고정되어 있었다.

분명히 존슨이었다. 존슨은 이목구비가 뚜렷한 금발의 여자와 함께 춤을 추고 있었다. 존슨이 고개를 숙여 그녀의 귀에 뭔가를 속삭이는 것이 보였다.

멜리사의 가슴이 뛰고 있었다. 그 금발의 여자는 활짝 웃으며 우아하게 스텝을 밟았다. 존슨이 무슨 말을 했기에 저 여자가 웃고 있는 것일까? 그리고 두 사람은 어떤 관계일까? 멜리사는 일종의 배신감을 느끼고 있었다.

멜리사는 얼른 사이몬을 쳐다보았다.

"미안해요. 잠깐 딴 생각을 하고 있었어요."

그녀는 성의없는 목소리로 사과했다.

"무슨 생각을 그렇게 오래 하셨습니까?"

사이몬의 얼굴에는 불쾌한 기색이 역력했다. 멜리사는 아무 대답도 하지 않았다.

"나는 제시가 브라이스 씨의 곁을 떠나려 하지 않는다고 말했습니다. 제시도 자신의 행동이 어리석은 짓이라는 것을 알고는 있더군요. 나는 수백 번도 더 제시에게 충고했습니다. 당신도 나와 같은 말을 제시에게 했다지요?"

"그런 말을 제시에게 한 적이 있어요. 그러나 지금은 달라요. 제시 스스로 판단할 문제지 내가 왈가왈부할 권리가 없다는 걸 깨달았어요."

멜리사는 솔직하게 말했다.

"그건 나의 권리입니다. 제시는 나의 누님이니까. 브라이스 데러코데 씨가 누님을 망치고 있는 것을 보고만 있을 수는 없어요. 제시는 브라이스 씨를 사랑하고 있다는 착각을 버려야만 합니다. 제시는 상대할 가치도 없는 바람둥이에게 홀려 있어요. 나는 그 사람이 주정뱅이나 마약 중독자라면 오히려 동정을 했을 겁니다."

"잠깐, 내 말도 들어 보세요."

멜리사가 낮은 목소리로 그의 말을 막았다. 멜리사는 이마를 찌푸리며 그를 흘겨 보았다.

"물론 아버지는 결점이 많은 분이에요. 그 점은 부인하지 않겠어요. 그러나 당신의 생각은 너무 지나치다고 보는데요. 주정뱅이나 아편쟁이보다도 못하다뇨? 그렇게 말을 함부로 하는 게 아니에요. 아무리 당신이 브라이스 데러코데를 싫어한다고 해도 말예요. 만일 제시가 그분을 진정 사랑하고 있다면 그분에게도 뭔가 좋은 점이 있기 때문에 그럴 거예요."

"전혀 공감할 수 없는 주장입니다. 여자들은 흔히 감정에 치우쳐 자신을 망치는 경우가 흔합니다. 특히 불량배들에게요. 제시도 현재 눈이 멀어 있어요. 여자는 따뜻한 육체에 가려 있는 남자의 정체를 파악할 줄 모르는 동물입니다."

사이몬도 비양거리고 있었다.

"그만두세요! 당신도 별 수 없는 남자예요. 당신은 나와 만난 지 겨우 두 시간이 지나지도 않아서 내 몸을 더듬었어요. 또 아버지에게 감히 그런 말을 하다니……. 아버지는 정직한 사람이에요. 당신처럼 위선자는 아니에요. 당신은 도덕주의자처럼 굴면서 여자를 홀리는 나쁜 버릇을 갖고 있군요. 흥, 그런 당신의 이야기를 들어야만 하는 제시가 불쌍하군요."

멜리사는 사이몬이 대꾸할 틈도 주지 않고 그의 팔을 밀어붙였다. 그녀는 이글거리는 눈빛으로 사이몬을 한 번 쏘아보고 몸을 돌렸다. 그녀는 너무 화가 나서 자신이 어디로 향하고 있는지도 깨닫지 못했다.

갑자기 단단한 힘으로 그녀의 팔을 붙잡는 사람이 있었다. 멜리사는 눈을 휘둥그렇게 뜨고 고개를 들었다. 존슨의 굳은 얼굴이 그녀를 내려다보고 있었다. 멜리사는 신음 소리를 냈다. 정말 엎친 데 덮친 격이었다. 심기가 사나운 이때에 그와 또 대결을 해야 하다니!

"춤추지 않겠소, 메리?"

존슨은 정중한 목소리로 말했다. 벌써 그녀의 가냘픈 허리를 왼팔로 끼고 힘을 주었다. 그는 멜리사의 오른손을 이끌고 최면적인 음률이 흐르는 밴드 앞으로 갔다.

멜리사는 흥분을 감추려고 애썼다. 그러나 모든 것이 뜻대로 되지 않았다. 존슨의 리드는 사이몬의 것과는 완전히 달랐다. 그의 손길 또한 매우 부드러웠다. 멜리사의 마음이 점점 평온해졌다.

존슨과 춤을 추고 있다는 것은 한편으로는 매우 우스꽝스러운 일이었다. 그는 위험한 남자가 아닌가? 멜리사는 문득 그와 키스를 했던 때가 생각났다. 그때의 존슨은 얼마나 능구렁이 같았던가? 여자의 마음을 꿰뚫어보는…….

멜리사는 고개를 치켜들고 미소를 지어 보이려고 노력했다.

"재미가 좋아요, 메리? 아니면 애인과 다투기라도 했나요?"

존슨이 돌연 말을 꺼냈다. 그는 몹시 흐뭇한 표정을 짓고 있었다.

"사이몬은 애인이 아니에요. 그 사람은 제시 휘트니의 동생이에요. 정말 따분한 남자죠."

멜리사는 그의 말을 극구 부인했다.

"그런 따분한 남자가 당신이 좋아하는 타입이오?"

"아녜요. 오늘 처음 만났어요. 두 번 다시 만날까 겁이 나요. 제시하고는 전혀 닮은 점이 없어요. 그는 아버지를 바람둥이라고 몰아붙였어요."

"그래서 화가 났다는 말씀이시군. 브라이스 씨에 대한 당신의 견해도 같은 것이 아니었소? 브라이스 씨는 당신만

이 비판할 수 있고 다른 사람은 그래선 안 된다는 말인가
요?”

멜리사의 얼굴이 일그러졌다. 울상이 되어 있었다.

“뭐라고 꼬집어 말할 수는 없지만 그렇게 생각해요. 당
신도 그 이유를 모르진 않죠?”

“그거야 당신이 더 잘 알겠지.”

존슨은 스텝을 멈추고 그녀의 손목을 잡았다. 그는 프랑
스풍으로 꾸며진 문을 가리켰다.

“잠깐 발코니로 나갑시다.”

멜리사는 그가 이끄는 대로 따라 나갔다. 그녀는 다소
두려운 느낌이 들었다. 존슨이 어제의 언쟁을 떠올릴 것이
분명했기 때문이다. 멜리사는 그의 팔을 뿌리치고 달아나
고 싶었다.

어제의 일을 그가 물고 늘어진다면 어떻게 해야 될까?
멜리사는 그에게 눈물을 보일까 두려웠다. 뭐라고 존슨에
게 설명해야 한단 말인가?

멜리사는 어젯밤 뜬눈으로 밤을 새웠다. 존슨에게 모욕
을 당한 것 같아 도저히 잠을 이룰 수 없었던 것이다. 어
제 못다 끝낸 언쟁을 다시 계속하고 싶은 마음은 조금도
없었다.

멜리사는 선수를 치기로 했다.

“존슨, 어제…….”

그녀는 존슨의 주의를 끌기 위해서 그의 팔을 손가락으

로 슬쩍 건드렸다. 그가 날카로운 시선으로 그녀를 쳐다보았다. 멜리사는 그 시선을 피해 고개를 돌렸다.

호수는 은은한 거울과 같았다. 그 위에서 보름달이 빛나고 있었다.

"내가 하고 싶은 말은……난 어제 오후 이성을 잃었던가봐요. 그래서 마음에도 없는 말을 마구 했었던 것 같아요."

존슨이 그녀의 어깨를 자기 쪽으로 돌렸다. 그의 얼굴에는 천진한 웃음이 가득했다.

"뜻밖의 말이군. 왜 갑자기 나의 스타일에 찬성을 하려드는 거요?"

"아녜요. 그게 아녜요. 난 여전히 당신이 직업 도박사의 생활을 고집하는 이유를 이해할 수 없어요. 그러나 당신의 일이니까 내가 관여할 바는 못 돼요. 개인 감정이 앞서서 이해심이 결핍된 때문인지도 모르죠. 당신은 내가 만났던 다른 도박사들처럼 그렇게 유치한 사람은 아니에요. 내가 화를 내며 당신을 어린 소년이라고 말한 걸 사과드리겠어요. 본의는 아니었어요."

"나 역시 당신을 어린 소녀라고 여기진 않는다는 것을 고백해야 되겠군요."

"아녜요. 당신은 내가 어린애처럼 군다고 생각하고 있어요. 당신은 그것이 짜증스러운 거죠?"

멜리사가 침울하게 말했다. 존슨은 그림자처럼 서 있는

그녀에게 바짝 다가섰다.

"그것은 당신이 나의 아내를 닮았기 때문이오. 당신을 만나면 아내가 생각나요."

"아내라구요? 당신은 독신이 아니란 말인가요?"

멜리사는 거의 숨이 막힐 것 같았다. 모든 기운이 일시에 그녀의 몸에서 빠져나가는 것 같았다.

"결혼을 했었어요. 난 지금 옛날의 아내를 말하고 있는 거요. 비록 이혼하고 말았지만 그 여자가 완전히 잊혀지지 않소. 그런데 당신을 만나기만 하면 그 여자가 떠오르곤 한단 말이오."

이야기가 계속될수록 그녀는 더욱 두려운 마음이 일었다. 멜리사는 간신히 말했다.

"내가 그 여자를 닮았다구요?"

"생김새가 닮았다는 뜻이 아니오. 그녀는 젊었어요. 당신처럼……. 키가 크고 거무스름한 편이지요. 아주 완고한 여자였소. 아마 당신보다 더 완고할 거요. 그녀는 내 직업을 받아들이지 않았소. 나와 함께 자신의 인생을 낭비할 수 없다고 말했소. 나는 그 말이 참을 수 없었고……. 차라리 결혼하지 않았더라면 두 사람 다 행복을 찾을 수 있었을 거요."

"그렇다면 내가 바로 그 여자처럼 행동한다는 건가요? 그런 뜻이에요?"

"아니, 당신은 달라요. 당신은 분명히 달라질 거요. 세월이 흐르면 고집도 누그러질 거고……. 데니스는 그렇지 못했었소. 데니스는 요즘도 옛날과 조금도 변하지 않았을 거요. 다행히 그녀는 나와 헤어지고 유능한 회계사와 만나 결혼했어요. 그 회계사는 그녀의 생활을 안정되게 만들어 주었을 거요. 그는 고소득자이고 덴버의 교외에 호화 주택까지 갖고 있는 사람이오. 데니스는 매우 행복한 결혼 생활을 누리고 있을 거요.”

“내가 바라는 것은 그런 물질적인 것이 아니에요. 나는 그 반대의 것을 원해요. 아버지도 나에겐 아무것도 주지 못했지만…….”

“무슨 말인지 이해할 수 있소, 메리.”

존슨의 목소리가 점점 기어들어갔다. 그는 넥타이의 매듭을 느슨하게 풀고 있었다. 달빛에 젖은 그의 손가락이 심하게 떨렸다. 그의 이마에서 굵은 땀이 비오듯 흘러내렸다.

멜리사는 무의식적으로 그의 이마에 손등을 대어 보았다. 뜨거운 열기가 그녀의 손에 전해졌다.

“존슨! 이마가 불덩이 같아요. 열이 몹시 심하군요. 어디 아픈가요? 알고 있었나요? 왜 불편하다고 얘기하지 않았죠?”

“대단치 않소. 곧 괜찮아질 거요.”

존슨의 대답은 애매모호했다. 그는 얼굴을 찡그리고 근심스럽게 쳐다보는 멜리사에게 희미한 미소를 보냈다.

“백의의 천사와 같은 표정을 짓고 있군. 걱정 말아요, 메리. 심각한 것은 아니니까. 베트남에서 풍토병에 걸린 적이 있었소. 그게 가끔 재발되긴 하지만 이틀 이상 계속 되진 않아요.”

멜리사는 깜짝 놀랄 수밖에 없었다.

“당신이 베트남에 갔었다구요! 나는 전혀 몰랐어요.”

“당신은 나에 관해 아는 게 없지 않소? 그러나저러나 하루쯤 푹 쉬어야 될 것 같소.”

그는 와이셔츠의 목단추를 풀고 고개를 몇 번 좌우로 흔들었다.

“그게 좋겠어요. 그런 상태로 왜 외출을 했는지 모르겠군요. 당신은 편안히 누워 있어야 해요. 내가 집에까지 운전을 해줄까요?”

멜리사는 몹시 근심스럽게 물었다. 그러나 그는 고개를 저었다.

“고맙지만 사양하겠소. 당신은 데이트 중이잖소. 혼자서도 충분히 돌아갈 수 있어요. 쥬리를 그녀의 아파트까지 데려다준 후 집으로 돌아가 쉬겠소.”

쥬리? 그 잘생긴 금발의 여자 말인가!

멜리사는 갑자기 가슴이 답답해졌다. 아마 그 멋지게 생겨먹은 쥬리는 그와 함께 있겠다고 고집하겠지. 밤 내내 존슨의 집에서 머물게 되겠지. 그래서 나의 제의를 거절한 것이군.

멜리사는 그와 함께 있는 것이 부담스러웠다.

"빨리 회복되기를 빌겠어요. 다음에 또 만날 수 있겠죠."

그녀는 급히 작별 인사를 던지고 돌아섰다. 종종걸음으로 발코니를 빠져 나와 사이몬이 앉아 있는 곳으로 돌아왔다.

사이몬은 씨근덕거리며 멜리사를 기다리고 있었다.

사랑의 그림자

그로부터 사흘이 지나갔다.

멜리사는 조심스럽게 계단을 올라가고 있었다. 2층은 흡사 다락 같았다. A자형의 공간에는 침실이 두 개 있었다. 큰 것은 주인이 쓰는 것이고 작은 것은 손님용이었다. 방마다 아래층 거실로 향하는 계단이 따로 나 있었다.

한 손으로 쟁반의 균형을 유지하면서 멜리사는 조용히 방문을 열었다. 그녀는 침대에서 나와 책상 앞에 서 있는 존슨을 발견하곤 얼굴을 찌푸렸다. 존슨은 무릎까지 오는 파자마만 걸치고 있었다.

"일어나서 무얼 하고 있는 거예요? 의사가 며칠 동안 꼼짝 말고 침대에 누워 있으라고 지시했잖아요. 빨리 제자리로 돌아가요! 책을 읽고 싶다면 내가 찾아 주겠어요."

그녀는 명령투로 말했다. 권위가 배어 있는 목소리였다.

"당신은 포악한 군주나 다름없군. 본인도 그걸 깨닫고 있소? 당신은 보스 기질을 타고난 여자 같소. 이틀 동안 내가 자고만 있어서 실망했겠군. 보스 노릇을 못했을 테니까. 그동안 무얼 했소?"

그는 침대 모서리에 걸터앉으며 싱글벙글 웃었다.

"종일 이곳에 있진 않았어요. 낮에는 파출부가 당신을 돌보았어요. 나는 밤에만 당신 곁에 있었죠. 누군가가 당신을 돌보아야만 했어요. 토요일 아침 내가 이곳에 들렀을 때 당신은 혼수 상태에 빠져 있었어요. 아무것도 기억나지 않을 거예요. 그렇죠?"

멜리사는 쟁반을 탁자 위에 내려놓았다.

"내가 곤경에 처해 있을 때 유혹하러 온 것은 아니오, 메리?"

"잠꼬대 같은 소리는 집어치워요!"

그녀는 냉랭하게 말했다. 그녀의 두 뺨이 불그레하게 상기되었다. 그녀는 콧등을 찌푸리며 쟁반을 다시 집어 들었다.

"이 수프를 혼자 드실 수 있겠죠? 어린애처럼 또 내가 먹여 줄까요?"

그는 껄껄 웃으며 눈을 둥그렇게 떴다.

"또 병아리 수프요? 이러다간 내 몸에서 날개가 돋아나 겠소."

"이건 쇠고기 수프예요."

멜리사는 목에 힘을 준 채 말을 계속했다.

"방 안을 거니는 걸 보니 많이 회복되었군요. 혼자서도 충분히 식사를 할 수 있겠어요."

"나는 방금 샤워와 면도까지 했소. 당신에게 잘 보이려고 말이오. 이만하면 미남이지 않소?"

존슨은 쟁반을 받아들면서 그녀의 손을 잡았다.

"식사를 하는 동안 여기 앉아서 재미있는 얘기나 해줘요. 그렇지 않으면 난 이 수프를 먹지 않을 거요."

멜리사는 아랫입술을 깨물며 망설이고 있었다.

지난 이틀 동안 그는 너무 열에 시달려서 그녀의 존재를 알아차리지도 못했었다. 그녀는 자신이 존슨의 집에 와 있다는 것이 실감나지 않을 정도였다. 그러나 지금은 상황이 달라진 것이다.

멜리사는 존슨을 한 번 훑어보았다.

그녀의 시선이 그의 정강이 근처에 가서 머물렀다. 그의 잠옷이 자꾸 마음에 걸렸다. 그는 벌거벗은 거나 다름없지 않은가!

그의 침실에 두 사람만 있다는 것이 갑자기 불안해졌다. 이런 분위기에서 오래 머무른다는 것은 정신나간 짓이 아닌가?

멜리사는 무겁게 고개를 흔들었다.

"나는 내려가서 부엌을 정리해야겠어요. 오늘은 파출부가 오지 않았어요. 그러니……."

"그건 나중에 해도 되오. 앉아요. 급한 일이 아니니까."

그가 정색을 하고 말했다. 그는 그녀의 손을 놓고서 수저를 집어 들었다. 그리고 수프를 한 숟가락 떴다.

멜리사는 여전히 그 자리에 서 있었다. 그의 눈썹이 위로 치켜올라갔다.

"한 번만이라도 제발 고분고분 말을 들어 줄 수 없소? 자 앉아요. 식사 때에 적합한 얘기가 아니라드 좋으니."

멜리사는 침대 옆에 놓인 의자에 앉으며 불쑥 말을 꺼냈다.

"좋아요. 옛날 속담이 기억나세요? 찬 음식을 먹으면 감기가 굶어 죽는다는 말요!"

"어디가 좀 이상한 것 같은데, 메리. 그게 무슨 뜻이오?"

존슨이 어깨를 으쓱하며 웃었다.

"아, 내가 말을 잘못한 것 같아요. 뜨거운 음식을 먹어야 감기가 굶어 죽는다는 속담을…… 나도 확실히 모르겠어요."

"당신은 꼭 간호사 같아 보이는군. 그런데 의사는 내가 언제쯤 침대 밖으로 나가도 좋다고 했소?"

그는 수프를 떠먹으며 물었다.

"체온이 정상으로 돌아오고 나서 24시간 뒤에요."

멜리사는 반쯤 몸을 일으켜 그의 이마를 짚어 보았다.

"흐음, 열이 많이 떨어졌군요. 그러나 의사 선생님은 당신이 아직 정상이 아니라고 진단할 거예요."

멜리사는 자리에 바로 앉으며 미소를 지었다. 그러나 그 미소는 이내 사라지고 말았다. 멜리사는 그의 시선을 피하면서 드레스의 앞가슴을 손으로 가렸다. 존슨의 눈빛이 뭔가를 숨기고 있는 것 같았기 때문이었다.

"……당신은 내일쯤이면 활동을 해도 될 거예요. 물론 그때까지는 휴식을 취하는 것이 좋겠구요. 아셨어요?"

존슨이 빙그레 웃었다.

"나는 얌전한 환자는 아니오. 미안해요, 메리."

그녀의 가슴 속을 들여다본 것을 사과한 것이다. 멜리사는 손을 들어 그의 말을 제지했다.

"지난 토요일 이 근처를 지나다가 당신이 병든 것을 알았어요. 당신의 파출부가 얘기해 줬어요. 그래서 당신의 가족들에게 연락을 하려고 했어요. 그러나 당신이 가족들에 관해서 말한 적이 없어서 하지 못했어요. 당신의 사생활에 참견하는 건 아니지만 가족들은 어디에 있죠?"

"메인에 부모님과 누님이 있어요. 당신이 그들에게 연락하지 않았다니 다행스럽군요. 내가 아프다는 소식을 들으면 어머닌 아마 졸도하셨을 거요. 물론 내 병이 2,3년에 걸쳐 재발한다는 것을 알고 계시지만 말이오.”

“가족들은 자주 만나나요?”

“내 나이 또래의 사람들만큼……. 그런데 왜 그리 꼬치꼬치 묻소?”

그는 얼굴을 약간 찌푸렸다.

“그러고 보니 내가 수다쟁이 같군요. 그러나 호기심을 억누를 수만은 없잖아요. 타호에서 당신은 관심의 대상이에요. 당신에 관해 아는 사람이 아무도 없다고 하더군요. 당신은 과거를 감추고 싶은 어떤 이유가 있나요?”

존슨은 웃음을 터뜨렸다.

“내가 관심의 표적이 되었다니 알 수 없는 일이군. 그러나 그렇지 않아요. 난 무엇을 감추고 있는 것이 아니오. 단지 사람들에게 그동안 살아 온 얘기를 하지 않았다 뿐이오.”

“당신은 이상한 사람이에요. 무슨 말이냐 하면, 당신은 수수께끼 같은 사람이라는 뜻이에요. 당신이라는 사람은 도무지 감이 잡히지 않아요. 나를 몹시 어지럽게 만든단 말이에요.”

멜리사의 당돌함도 그의 웃음에 의해서 사라지고 말았다. 그녀의 뺨이 붉게 물들었다.

“내가 그렇단 말이오, 메리? 이해할 수 없는데.”

그는 눈을 반쯤 감은 채 말했다. 그는 쟁반을 그녀에게 건넸다. 멜리사는 쟁반을 받아들고 아래층으로 내려가려고 일어섰다.

존슨도 벌떡 일어서더니 그녀의 팔을 붙잡았다. 그는 억지로 그녀를 침대 가장자리에 앉혔다.

"말해 봐요. 내가 어떻게 당신을 어지럽게 했다는 거요?"

"글쎄요. 나도 잘 모르겠어요."

멜리사는 말을 더듬었다. 존슨이 뚫어져라 그녀를 쳐다보았기 때문이다. 그녀는 그의 시선을 피할 수도 없는 지경에 이르러 있었다.

멜리사는 그의 마음을 읽고 싶었다. 그러나 그의 표정에는 아무것도 드러나 있지 않았다. 그것은 존슨이 도박사인 탓이리라. 그는 자신의 감정을 감추는 방법을 터득하고 있을 것이다.

그녀는 자신을 꼼짝없이 사로잡고 있는 그의 시선을 견딜 수 없었다. 그녀의 신경이 곤두섰다. 오히려 그의 금발을 손으로 쓰다듬어 보고 싶었다. 이상한 감정이었다. 지금 자신도 알 수 없는 감정이 저 깊은 심연으로부터 솟아나고 있는 것이다. 멜리사는 자신의 마음과 싸우고 있었다. 그것은 갈등이었다.

존슨은 이미 그녀의 마음 가득 자리잡고 있는 남자였다. 잠을 자면 꿈 속에서 그가 나타났고 잠을 깨면 그의 얼굴부터 먼저 어른거렸다. 멜리사는 도무지 자신을 주체할 수가 없었다. 자신이 미쳐 버렸는지도 모른다는 생각이 간혹

들었다.

자기 자신이 저주스러울 정도였다.

멜리사의 생각은 자신이 존슨과 함께 침더에 앉아 있다는 현실로 돌아왔다. 멜리사는 그의 손 안에 든 자신의 손을 빼내려 했다. 그러나 존슨은 더 꼭 붙잡는 것이었다.

멜리사는 심호흡을 한 번 하고 소리쳤다.

"가겠어요!"

그는 그녀를 힘껏 끌어당겼다.

"존슨! 가야 한단 말이에요. 제발!"

"아직은 일러요."

그는 두 팔로 그녀를 안고 몸을 눕혔다.

"당신은 환자예요. 휴식이 필요한 환자란 말예요!"

그는 가슴으로 숨막힐 듯 그녀의 몸을 감쌌다.

"나는 당신과 같이 있고 싶소. 그것도 휴식이 아니겠소?"

그의 숨결이 그녀의 관자놀이를 지나 그녀의 머리카락 속으로 들어왔다.

"당신의 머리카락은 정말 부드러워."

"존슨⋯⋯."

그의 손이 그녀의 목덜미를 쓰다듬고 있었다.

존슨은 몸을 일으켜 그녀의 몸을 침대 위로 끌어올렸다. 그리고 그녀의 몸 위에 자신을 몸을 덮었다.

멜리사는 그의 불타는 듯한 푸른 눈동자 속으로 완전히

빨려 들어가고 말았다. 멜리사는 눈을 내리감으면서 두 손으로 그의 어깨를 감싸 안았다. 그의 목덜미로 미끄러진 그녀의 손이 가늘게 떨리고 있었다. 그녀는 그의 거친 숨결 속에서 전율하고 있었다. 그녀의 눈동자는 완전히 감겨 있었다.

그는 자신의 몸에 감겨 있는 그녀의 팔을 끌어내렸다. 잠옷의 벨트가 만져졌다.

"그것을 당신이 풀어요, 메리. 당신을 사랑할 수 있게 말이오."

'사랑'이라는 말이 그녀의 혼란한 의식 속을 꿰뚫고 들어왔다. 생경한 단어였다.

과연 존슨이 나를 사랑하고 있단 말인가? 아니 그런 사랑이 아닐지도 몰라. 아, 나는 그의 손길을 뿌리쳐야만 돼. 돌이킬 수 없는 상처만 남을 바보 같은 짓이야. 그의 요구를 들어 주지 말아야 한다구…….

갑자기 그녀의 내부에서 자기 보호 본능이 세차게 고개를 들기 시작했다. 정체를 알 수 없는 공포가 엄습해왔다. 멜리사의 몸은 순식간에 굳어졌다. 그녀는 그의 넓은 가슴을 힘껏 밀어냈다.

"존슨! 안 돼요. 날 이러면 안 돼요. 제발!"

그가 끙 하고 신음을 뱉더니 그녀의 몸으로부터 떨어져 나갔다. 그는 얼굴을 침대 시트에 묻고 숨을 헐떡였다.

무거운 침묵이 그들을 갈라 놓고 있었다. 두 사람은 어느 새 평정을 되찾고 말없이 누워 있었다. 그녀는 묵묵히 그의 반응을 기다렸다.

갑갑한 침묵을 견딜 수 없게 된 멜리사가 먼저 입을 열었다. 그녀는 손을 그의 등에 댔다.

"미안해요. 나는……."

"그만둬. 내 몸에 손대지 말아요. 그리고 빨리 침대에서 내려가라구. 내 마음이 흔들리기 전에……."

그가 거칠게 그녀의 손을 뿌리치면서 소리질렀다.

멜리사는 반사적으로 몸을 일으켜 드레스 깃을 어깨 위로 올리고 등뒤의 지퍼도 잠갔다. 그녀는 멍하니 그를 내려다보며 침대에서 슬금슬금 내려왔다.

그는 대단히 화가 나 있었다. 그녀가 침대 옆에 내려설 때까지 아무 말도 하지 않았다.

멜리사는 무슨 말을 해야 될지 몰랐다. 그녀는 묵묵히 서 있는 것이 고통스러웠다.

"메리, 집으로 가도록 해요."

존슨이 고개를 들고 말했다.

"가지 않겠어요. 당신을 돌볼 사람이 필요해요."

"난 이제 괜찮아졌소. 아무것도 필요없소."

멜리사는 그에게 다가가서 그의 이마를 짚어 보았다.

"체온이 다시 올랐어요."

그는 담담하게 웃으며 멜리사의 손을 떼어 놓았다.

"당신의 체온만큼은 높지 않을 거요. 어서 돌아가요. 이

방은 남자의 유혹이 도사리고 있는 곳이니까."

그녀는 애원하는 표정으로 그를 바라보았다.

"내가 잘못했어요. 나는……."

"당신은 너무 어려, 메리. 나에겐 말이오……. 자, 빨리 집으로 돌아가요."

멜리사의 볼이 붉게 타올랐다. 그녀는 고개를 끄덕이곤 돌아섰다. 그리고 방문을 향해 걸어갔다. 그녀는 문의 손잡이를 쥐고 고개를 돌렸다.

"저녁에 다시 오겠어요."

"그럴 필요 없어요, 메리. 그건 현명한 생각이 아니야."

멜리사의 얼굴에 어두운 그림자가 스쳐 지나갔다.

"당신은 환자잖아요. 8시경에 다시 오겠어요."

그녀는 고집스럽게 말하고 얼른 방문을 열고 나왔다. 존슨의 말소리가 뒤에서 들렸으나 알아들을 수는 없었다.

존슨도 쉽게 고집을 꺾을 사람이 아니었다. 그렇지만 멜리사는 밤이 어서 오기를 기다렸다.

저녁 식사를 마치고 그녀가 마리 아줌마의 설거지를 거들고 있을 때 요란하게 전화벨이 울렸다.

마리 아줌마가 전화를 받아 멜리사에게 수화기를 건네주었다. 그것은 존슨의 전화였다.

"오늘 밤 올 필요가 없소. 어떤 사람이 날 돌봐 줄테니 말이오."

그의 목소리가 수화기에서 울렸다. 멜리사는 그의 말을 믿을 수 없었다.

"날 오지 못하게 하려고 거짓말을 하는 게 아닌가요?"

"뭐라고? 거짓말이라고 했소? 브라이스 씨도 당신이 여기 오는 걸 찬성하지 않을 거요. 그러니 얌전히 집에 있어요. 나를 돌봐 주겠다는 사람이 나타났으니 당신은 올 필요가 없어요."

그의 목소리에는 짜증이 섞여 있었다.

"그 사람이 누구죠? 이름을 말해 보세요."

멜리사의 음성이 떨려 나왔다. 잠시 침묵이 흘렀다. 존슨의 목소리는 무척 무뚝뚝했다.

"누구냐고 물었소? 쥬리가 오겠다고 했소. 그러니 당신은 집에서 휴식이나 취해요."

큰 얼음 덩어리가 멜리사의 가슴을 후벼 파는 것 같았다. 가슴이 쓰라렸지만 그런 기미를 그가 눈치채게 할 수는 없었다.

"쥬리? 아, 레스토랑에서 당신과 춤을 추던 금발 미녀 말이군요. 그 여자가 당신을 보살펴 주겠다구요? 아무튼 다행이군요."

그녀의 말에는 아무런 감정도 들어 있지 않았다.

"그럼 이만 끊겠소."

"알았어요."

멜리사는 수화기를 천천히 내려놓았다. 그녀는 멍하니

전화기를 내려다보았다.

"무슨 일이냐? 안색이 좋지 않구나. 무슨 나쁜 일이라도 있었니? 내가 알면 안 되는 일이니?"

마리 아줌마의 부드러운 목소리였다.

"아니에요. 아무것도 아녜요."

멜리사는 짧게 대답하고 부엌을 나왔다. 그리고 힘없이 침실로 향했다.

모든 것이 명백해진 것이다. 존슨과의 통화는 모든 것을 명확히 말해 주는 것이었다.

멜리사는 침대에 몸을 던지면서 큰소리로 중얼거렸다.

"아, 나는 바보야, 처음부터 이렇게 될 줄을 알고 있었으면서……."

운이 없는 날

일주일 후였다.

멜리사는 카지노에서 아버지의 일을 돕고 있었다. 여자 종업원이 세 명이나 결근을 한 탓에 멜리사드 카지노에 나와 자정까지 잔심부름을 해야 했다.

아버지는 여자 종업원들이 입은 검은 유니폼을 한 번 입어보지 않겠느냐고 제의했었다. 멜리사는 그 유니폼을 입고 탈의실에 수없이 드나들며 자신의 모습을 비춰 보았다. 아버지의 마음을 이해할 수가 없었다.

그 유니폼은 목이 깊게 파인 셔츠와 미니 스커트였다.

그것은 활동적인 옷이었지만 멜리사는 몹시 마음이 상해 있었다. 차라리 사람들 앞에 비키니를 입고 나가는 게 덜 어색할 것 같았다.

거울 앞에 선 멜리사는 난감한 생각이 들었다. 조금 전에 존슨의 차를 주차장에서 보았기 때문이다. 이런 옷을 입은 채 그와 마주치게 된다면 얼마나 쑥스러울까? 아니 그보다도 굴욕감부터 먼저 느낄 것이다. 그러나 반대로 생각해 볼 수도 있었다.

멜리사가 손님들을 접대하는 모습을 존슨이 보게 된다면 더욱 그녀의 매력에 안달하지 않을까? 멜리사는 헛된 망상일 뿐이라고 고개를 내저었다.

멜리사는 거울을 자세히 들여다보며 자신의 모습을 다시 점검했다. 그녀는 드러난 앞가슴이 가려지도록 머리칼을 앞으로 흘러내리게 했다. 아까보다는 훨씬 자연스러운 것 같았다. 머리를 짧게 자르지 않은 것이 무척 다행스러웠다.

그녀는 마음을 굳게 먹고 탈의실을 나왔다. 그러나 카지노의 복도를 걸어가면서 걸음걸이에 여간 신경이 쓰이는 것이 아니었다.

멜리사는 주방으로 향하다가 아버지와 마주쳤다. 브라이스 씨는 억지 미소를 짓고 있었다.

"머리 모양을 왜 그렇게 했니? 꼭 망토 같구나."

브라이스 씨는 멜리사의 앞으로 처진 머리칼을 어깨 너머로 들어올렸다. 그때 그는 몹시 당혹한 표정을 지었다.

"네가……작년과는 달라졌다는 것을 미처 몰랐구나. 네가 이렇게 성숙했다니……."

그는 멜리사의 머리를 처음대로 해놓고 얼른 시선을 돌렸다. 믿을 수 없다는 표정이었다.

"그래, 이게 잘 어울리겠구나."

브라이스 씨는 걸음을 옮기기 시작했다. 멜리사는 아버지의 뒤를 따라갔다.

멜리사는 아버지의 행동이 마음에 걸렸다. 이제 부모로서의 의무를 깨닫게 되었다는 것인가? 존슨과 가까이 하지 말라고 했을 때는 지금과는 달랐다. 그때는 어린 딸의 순수한 마음을 염려하고 있었다. 그러나 지금은 푹 파인 셔츠 밖으로 드러난 가슴을 보자 성숙한 딸의 신체를 남들이 보는 것을 꺼리는 것처럼 말한 것이다.

멜리사로서는 아버지가 곁에 있다는 느낌을 받은 것이다. 처음 겪는 감정이었다. 눈물이 나올 정도로 가슴에 와 닿는 육친의 정이었다. 저분이 진정 나의 아버지란 말인가!

멜리사는 밀실로 술잔을 나르다가 홀 복도에 있는 거울 앞에 걸음을 멈췄다. 오른쪽 무릎에 퍼런 멍이 들어 있었다. 그녀는 그것을 쳐다보며 얼굴을 찌푸렸다. 그녀의 마음은 호숫가에 가 있었다. 내일은 또 식물 채집을 하러 나갈까?

거울 속에 누군가 들어왔다. 술 취한 도박꾼 하나가 야유를 보냈다. 멜리사는 치밀어 오르는 화를 참으며 그곳을 바삐 빠져나왔다. 말대꾸를 하면 수라장이 벌어질 것이다. 무시해 버리는 것이 최선책이었다.

멜리사는 포커 게임이 벌어지고 있는 밀실의 문을 조용히 열었다. 문을 열고 들어가자 존슨의 모습이 먼저 보였다. 그는 몹시 냉정하고 침착하게 앉아 있었다.

존슨이 테이블 중앙으로 한 무더기의 칩을 밀어 놓았다. 그리고 또박또박 말했다.

"3천! 그 두 배를 걸겠소."

옆에 앉은 도박사가 낮게 신음을 했다.

"먹어요."

그 사내는 침통하게 말했다. 존슨은 테이블 한가운데 있는 칩을 모두 쓸어모았다. 꽤나 큰 게임이었다. 그러나 존슨은 조금도 기뻐하는 기색이 없었다. 차가운 눈동자만 굴릴 뿐 아무런 감정도 나타내지 않았다.

존슨이 고개를 들다가 멜리사를 알아본 모양이었다. 그는 손을 내저으며 일어섰다.

"이번 판에는 빠지겠소."

존슨이 그녀가 서 있는 문 쪽으로 걸어왔다. 멜리사는 가슴이 뛰었다. 자신도 모르게 한걸음 뒤로 물러섰다.

그는 멜리사를 천천히 살피고 있었다. 흘러내린 갈색 머리칼과 종업원 유니폼을 입고 있는 가냘픈 그녀의 몸매며, 검은색 하이힐까지……

"정말 몰라보겠소. 이제 보니 어린 소녀가 아니군요, 미스 데러코데?"

존슨은 그녀만이 들을 수 있을 정도로 작은 소리로 말했다. 그는 빙그레 웃고 있었다.

"무례하군요. 난 열세 살 먹은 소녀가 아니란 말예요."

얼굴이 붉어진 멜리사는 신경질을 내며 말했다.

"그러나 아직 육체적인 면에서는 남자를 전혀 모르는 열세 살 아니오?"

"흥, 정말 버릇이 없군요. 당신이 나한테 고육시키지 않았나요?"

멜리사의 눈에는 분노가 가득했다.

"그러나 마지막 테스트는 아직 하지 않았지. 그러니 모든 걸 안다고는 생각하지 말아요."

존슨이 표정을 바꾸었다. 미소가 사라졌다.

"흥, 그래요? 당신은 일 주일 동안 뭘 하셨죠? 물론 내 생각 같은 건 하지도 않았겠죠?"

멜리사는 쌀쌀맞게 말했지만 그를 원망하고 있었다. 그녀의 눈동자에는 그것이 역력히 드러나 있었다.

존슨이 위협하듯 그녀에게 다가섰다. 그의 얼굴이 굳어 있었다.

"당신이 나를 거부하지 않았소? 그게 당신의 본심이라면 서로 만나지 않는 것이 현명하겠지."

"당신이 원하던 게 아니었나요?"

멜리사는 더듬거리며 고개를 떨구었다. 그녀의 심장은 방망이질을 하고 있었다.

시선을 들지 않은 채 멜리사는 그의 옆을 지나쳤다.

"나는 이러고 있을 시간이 없어요. 일을 해야 돼요. 실례 하겠어요."

멜리사는 테이블로 갔다. 존슨에게 돈을 잃었던 남자가 흘끗 쳐다보았다.

"존슨! 여자를 유혹하러 온 건가, 포커를 하러 온 건가? 우리한테도 기회를 주어야 하지 않겠나?"

존슨은 다시 자기 자리로 돌아오며 조용히 대꾸했다.

"어서 카드를 나누시오."

멜리사는 술잔을 전부 돌렸다. 존슨에게는 커피를 따라 주었다. 그런 후 재빨리 그 방을 빠져나왔다.

그러나 그녀는 문 앞에서 만나지 말아야 할 사람과 마주치고 말았다. 존슨의 여자 친구 쥬리였다. 쥬리는 멜리사의 손에 든 빈 쟁반을 쳐다보며 손을 들어 앞을 가로막았다. 쥬리는 손가락으로 멜리사가 방금 나온 밀실을 가리켰다.

"어떻게 돼 가고 있죠? 존슨이 다시 이겼나요?"

"그런가 봐요."

멜리사는 내키지 않았지만 짧게 말했다. 멜리사는 쥬리의 미모에 당황하고 있었다. 따뜻한 갈색 눈동자, 엷은 금발, 굴곡 있는 허리…… 쥬리는 흡사 그리스 신화에 나오는 여신의 모습과 같았다.

멜리사는 이제야 모든 의문을 풀 수 있었다. 존슨이 자신을 시큰둥하게 대하는 까닭을 알 수 있었다. 존슨의 곁에는 멜리사보다 더 예쁜 쥬리가 있기 때문이었다.

존슨이 먼저 전화를 걸어온 이유도 짐작이 갔다. 멜리사는 그가 필요로 하는 것을 줄 수 없으니까 스물한 살의 여자와 시간을 허비할 수 없다고 생각한 것이 틀림없었다.

멜리사의 마음 깊이 체념이 무겁게 자리잡고 있었다. 멜리사는 쥬리에게 억지 미소조차 지을 수 없었다. 그 대신 힘없이 어깨를 으쓱해 보였다.

"그러나 얼마 안 있어 상황이 달라질지도 몰라요. 포커 게임에 대해서 잘 모르지만……."

"존슨은 게임에서 쉽게 포기하는 성미가 아니에요. 아, 이제야 생각나는군. 당신도 존슨의 친구죠? 언젠가 '하라'의 레스토랑에서 당신이 그와 함께 이야기하는 것을 본 적이 있어요."

쥬리는 자신에 차 있었다. 멜리사는 상대적으로 움츠러들었다.

"존슨과는 조금 아는 사이일 뿐이에요."

쥬리는 잠시 킬킬거리고 웃었다.

"그를 조금 안다구요? 당신같이 어린 사람이? 칵테일 웨이트리스를 하기에는 너무 어려 보이는군요. 여기에 오기 전에는 무얼 했죠? 당신은 보스에게 나이를 속였던 거죠?"

멜리사는 심문을 당하는 기분이 들었다. 참을 수가 없을 지경이었다. 멜리사는 마음을 진정시키고 톡 쏘았다.

"그 보스가 바로 우리 아버지예요. 나는 결근한 웨이트리스를 대신해서 일하고 있는 거예요. 나이 따위는 나와 상관없는 일이라구요."

"오, 당신이 브라이스 씨의 따님이라구요?"

쥬리는 탄성을 지르며 활짝 웃었다.

"이래서 세상이 좁다는 건가요? 브라이스 씨와 난 오랜 친구예요. 그가 2년 전에 일자리를 구해 주었었죠. 희극 무대의 댄서로 말예요. 우린 한동안 친밀했었어요. 그런데 ……. 무슨 뜻인지 알 거예요. 아무튼 놀랍군요. 브라이스 씨가 당신에게 이런 일을 시키다니, 나이가 열여덟 이상은 아닐텐데."

쥬리는 의기양양했다.

"나는 스물한 살이에요. 아버지도 그런 것쯤은 충분히 분별할 수 있는 사람이구요!"

"당신의 그 긴 머리가 어려 보이게 만드는 것 같아요, 그 머리를 짧게 퍼머넌트한다면 훨씬 어른스러워 보일 거예요. 그리고 아이 새도와 마스카라를 한다면……."

"훌륭한 충고군요. 기억하겠어요."

멜리사는 그녀의 말을 가로막았다. 수다스러운 여자와 어서 헤어지고 싶었다. 멜리사는 빈 쟁반을 강조하면서 덧붙였다.

"일손이 달려서 가봐야 하겠어요."

"아, 나도 이럴 시간이 없는데. 어서 가세요. 나도 가야 하니까 존슨에게 약속했었거든요. 리허설이 시작되기 전에 게임하는 곳에 들르겠다구요. 존슨은 내가 행운을 가져다 준다나요? 그럼 안녕, 멜리사."

쥬리는 손을 흔들었다.

멜리사는 마음이 편치 않았다. 어떻게 쥬리가 내 이름을 알고 있었을까? 멜리사는 서둘러 복도로 걸어나왔다.

행운이 아니라 액운이나 가져다 주라지! 돈이나 왕창 잃어버려라!

멜리사는 힘없이 어깨를 축 늘어뜨렸다. 가슴 속에서 질투심이 부글부글 끓어올랐다. 그녀는 존슨뿐만 아니라 쥬리까지도 저주하고 있었다. 그러나 존슨은 아무리 욕을 해도 그녀의 마음 깊이 들어와 있는 사람이었다.

그날은 운이 없는 날이었다. 쥬리와 헤어진 지 한 시간이 채 못 돼 또 만나고 싶지 않은 사람을 만난 것이다.

멜리사는 뒤에서 누가 자기를 부르는 소리를 들었다. 그녀는 소리나는 쪽으로 고개를 돌렸다.

비행기에서 만났던 야심많은 가수 웬디 밀러가 뛰어오고 있었다. 웬디는 흥분한 표정으로 손짓을 하며 손님들을 뚫고 나왔다. 그러나 웬디의 눈빛은 기운이 없어 보였다.

"지난 닷새 동안 줄곧 당신을 찾았어요. 혹시 호수에 빠져버린 게 아닌가 걱정했다구요. 도대체 그동안 어디에 있었죠? 당신을 만나려고 매일 오후 여기에 나와 기다리곤 했었어요."

웬디는 재잘거리며 요란한 제스처를 했다.

"나는 카지노에 좀처럼 나오지 않아요. 오늘은 사정이 있어서 여기 나온 거예요. 칵테일 웨이트리스가 세 명이나 바이러스 감염으로 결근했거든요. 그래서 아버지를 돕고 있는 거예요."

멜리사가 아버지란 말을 입에 올리자 웬디의 눈동자가 갑자기 생기를 띠었다.

"아버지께서 이 호텔을 경영한다고 말했었죠? 그런데 내가 만났던 사람은 당신의 아버지가 아니던데요?"

웬디는 눈을 동그랗게 떴다.

"호텔을 경영하는 게 아니라 카지노예요. 나는 지금 몹시 바빠요."

멜리사는 웬디에게서 몸을 돌렸다.

"잠깐만, 멜리사!"

웬디는 소리치며 멜리사의 팔을 와락 붙들었다.

"지금 당신의 아버지를 만나보고 싶어요. 우리가 비행기에서 만났을 때 나한테 소개시켜 주겠다고 그랬잖아요?"

"그런 약속을 한 적이 없는데요?"

"아녜요. 분명히 그랬어요. 케다스 호텔에 와서 당신을 찾으면 아버지를 소개시켜 준다고 했었어요."

웬디는 생떼를 쓰고 있었다. 웬디는 오렌지가 크게 프린팅된 야한 원피스를 입고 있었다. 지금 웬디의 표정은 그 옷차림과 비슷했다.

능히 그럴 수 있는 여자라고 멜리사는 생각했다. 그러나 일자리를 얻기 위해서 수단과 방법을 가리지 않는 여자를 아버지에게 소개하고 싶은 마음은 없었다.

멜리사는 고개를 가로저었다.

"미안해요, 웬디. 아버지는 지금 너무 바빠서 아무도 만날 시간이 없어요. 지금은 안 될 것 같아요."

웬디는 입술을 깨물면서 눈물을 글썽이기 시작했다.

"제발, 멜리사. 나는 절망적이에요. 라스베이거스에서도 나를 고용해 줄 사람을 아무도 만나지 못했어요. 나는 일자리를 구해야만 살 수 있어요. 오디션도 한 번 받아보지 못하고 번번이 비서에게 쫓겨나곤 했어요. 당신이야말로 유일한 희망이에요. 나는 이곳에 아는 사람이 아무도 없어요. 그러니 당신의 아버지는 내게 희망을 주실 거예요. 그러니 당신의 아버지를 만나게 해줘요. 제발 그렇게만 해준다면 평생 그 은혜를 잊지 않겠어요."

웬디는 콧소리까지 내며 훌쩍거렸다. 상당한 연기력도 갖춘 여자였다.

멜리사는 단단히 발목을 잡힌 격이 되고 말았다. 이러지도 저러지도 못 하고 한숨만 내쉬는 멜리사의 가슴 속에 희미하게나마 그녀에 대한 동정심이 일고 있었다.

"이봐요, 웬디. 이곳에서 일자리를 얻는 것은 하늘의 별을 따는 것처럼 어려워요. 전국에서 몰려든 많은 사람들이 가수가 되기 위해 테스트를 받곤 하지만 무대 출연을 보장받는 경우는 극히 드물어요. 재질이 없어서 그러는 게 아니라구요. 그들 대부분이 매우 유능한 사람들이란 말예요."

멜리사는 나직하게 타일렀다.

"그러나 나는 그들보다 노래를 더 잘한단 말이에요."

웬디는 멜리사의 팔을 붙잡고 놓아 주지 않았다.

"물론 당신이 좋은 가수라는 걸 의심해서 한 말은 아니에요. 이 부근의 무대는 빈자리가 전혀 없을 거예요. 대형 가수들이 대규모 일행을 데리고 와서 진을 치고 있기 때문에 무대난이 더욱 극심하죠. 이 유흥 도시에서는 정말 비집고 들어갈 틈이 없어요. 당신은 로스앤젤레스 같은 도시로 가서 좋은 매니저를 얻는 게 현명할 거예요."

"나는 아무 데도 갈 수가 없어요. 여비가 바닥났거든요. 이틀 밤만 묵고 나면 거리로 쫓겨날 거예요."

멜리사는 어떻게 해야 좋을지 몰랐다. 설령 웬디에게 충분한 돈이 있다 해도 결코 여기를 떠나려 들지 않을 게 분명했다. 멜리사는 그녀의 처지가 불쌍했지만 아버지에게 소개시켜 주는 것만은 싫었다.

그때 멜리사의 뒤에서 브라이스 씨의 목소리가 갑작스럽게 들렸다.

“뭘 하고 있는 거냐, 멜리사?”

멜리사는 아버지임을 확인하곤 재빨리 웬디의 표정을 훔쳐 보았다.

웬디의 얼굴은 어느새 활짝 웃는 얼굴로 변해 있었다. 웬디는 아버지에게 애교 있는 미소를 짓고 있었다.

웬디를 근엄한 시선으로 한 번 훑어보고 난 브라이스 씨는 딸에게로 고개를 돌렸다.

“휴식을 취하려면 좀더 편안한 곳으로 가지 않고. 자, 어서 내 방으로 가자. 옆에 있는 분과는 아는 사이냐?”

멜리사는 꼼짝없이 덫에 걸렸다고 생각했다.

브라이스 씨는 딸의 어깨를 감싸고 사무실로 향했다. 웬디는 행여나 놓칠세라 멜리사의 옆에 바짝 붙어 따라왔다.

“오, 정말 잘됐군요. 당신의 아버지 브라이스 씬가 봐요? 그렇죠? 당신과 얼굴이 아주 닮았어요. 지금은 바쁘지 않은가 보군요. 제발 나에게 소개시켜 주세요.”

웬디는 멜리사의 귀에 대고 속삭였다. 멜리사는 마지못해 고개를 끄덕였다. 그러나 마음이 불안해지고 있었다. 오늘 일이 오랫동안 후회스러울 것 같았다.

멜리사는 구두를 질질 끌며 접객실을 지나갔다. 웬디는 넘어질 듯 허둥대며 두 부녀의 뒤를 바짝 따라왔다.

브라이스 씨가 비서실의 문을 열자 제시의 활짝 웃는 얼굴이 보였다. 멜리사는 그런 제시가 측은했다.

만일 아버지와 웬디가 어울린다면 그것은 멜리사의 잘못

이 아닌가? 멜리사는 당장 이 자리를 박차고 달아나고 싶었다. 그러나 이미 엎질러진 물이었다.

웬디가 브라이스 씨에게 보내는 미소는 의미심장한 것이었다. 제시의 얼굴에도 근심 어린 빛이 떠올랐다. 브라이스 씨는 멜리사에게로 고개를 돌렸다.

멜리사는 할 수 없이 웬디를 소개했다. 웬디는 손가락마다 반지가 끼어 있는 손을 내밀었다. 그리고 필요 이상으로 오랫동안 브라이스 씨의 손을 흔들며 놓지 않았다.

브라이스 씨의 미소는 수수께끼였다.

"보석을 좋아하는군요, 미스 밀러?"

웬디는 수줍은 표정으로 얼굴을 바꾸었다.

"여자니까요, 미스터 데러코데. 저는 멋진 것을 좋아해요."

"브라이스라고 불러요."

"아, 네. 브라이스 씨."

"그런데 무슨 일을 하기에 그 멋진 반지들을 살 수 있었소?"

"아, 저는 가수예요. 사람들이 유능하대요. 샌프란시스코의 고급 클럽에서 노래해 왔어요."

비행기 안에서 멜리사에게 했던 말과는 전혀 달랐다.

"…… 지금은 휴가 중이죠. 또한 이곳의 무대들은 좋은지 어떤지 알아보려고 타호에 들른 거예요. 그런데 이곳이 무척 마음에 드는군요. 멜리사와는 비행기를 함께 타고 오다가 친해졌어요. 고맙게도 당신에게 이야기하여 고급 무대에 출연할 수 있게 주선해 주겠다더군요. 그래서 잠깐 들러서 당신을 만나보기로 한 거죠. 멜리사는 당신이 환영할 거라고 말하더군요."

브라이스 씨는 웬디가 말하는 중간중간에 멜리사의 눈치를 살폈다. 멜리사는 몹시 못마땅한 표정을 짓고 있었다. 브라이스 씨도 웬디의 말을 믿고 있지 않는 것 같았다. 그러나 그에게는 거짓말이라 해도 상관이 없을 것이다.

"나는 그 방면의 몇몇 사람을 알고 있소. 내 사무실로 들어갑시다. 그리고 구체적인 이야기를 나누어 봅시다."

브라이스 씨는 부드럽게 말하며 웬디의 손을 잡았다. 웬디는 그의 곁에 바짝 붙어섰다. 그녀는 멜리사에게 인사도 하지 않고 그를 따라 들어갔다.

웬디는 브라이스 씨의 조용하고 사색적인 분위기에 홀딱 빠져 있는 게 틀림없었다. 지금까지 수많은 여자들이 호기심을 갖고 말려들었으니까.

문이 닫히는 소리와 함께 멜리사는 제시데게로 돌아섰다.

"아버지를 소개시켜 주겠다는 건 새빨간 거짓말이에요."

멜리사는 다급하게 변명을 했다.

"나는 정말 그러지 않았어요, 제시. 웬디는 일자리를 찾기 위해서라면 물불을 가리지 않는 여자예요. 그런 탓에 웬디가 아버지를 만나면 무슨 짓이라도 저지르고 말 것이라는 생각이 들었었죠. 그래서 절대로 소개시켜 주고 싶지 않았어요. 나는 당신이 더 이상 상처받는 걸 보고만 있을 수 없어요. 제시, 제발 믿어 줘요. 웬디와는 카지노에서 우연히 마주친 거예요. 때마침 아버지가 와서……."

"그만, 멜리사. 나도 바보는 아니야. 그 여자가 아니라도 또 다른 젊은 여자들이 주위에 많으니까……. 마음 아파할 것 없어, 멜리사."

제시는 어두운 미소를 짓고 있었다.

"어떻게 참을 수 있는 일이에요? 당신의 아버지가 다른 여자들과 어울리는 것을 봐도 괜찮단 말인가요?"

멜리사의 눈앞에 갑자기 존슨과 쥬리의 웃는 얼굴이 아른거렸다.

"마음이 왜 안 아프겠니. 그러나 이제는 습관이 됐나 봐."

제시는 우울하게 책상을 내려다보았다.

얼마 전까지만 해도 멜리사는 제시에게 왜 아버지 곁을 떠나지 않느냐고 재촉했었다. 그러나 존슨을 만나고 난 이후로 인생에는 해답을 쉽게 찾을 수 없는 문제도 있다는 걸 깨닫게 된 것이다.

얼마나 이상한 일인가? 아버지가 어머니에게 어떻게 상처입혔는가를 누구보다도 잘 아는 멜리사가 아버지와 비슷한 존슨에게 빠져든 것이다.

갑작스러운 충동이었다. 멜리사는 제시의 뺨에 살짝 키

스를 했다.

"당신이 안타깝군요. 사람들은 사랑에 한해선 현명하지가 못한가봐요. 그게 사랑과 인생인가요, 제시?"

제시는 아무 말 없이 고개만 끄덕였다.

멜리사는 창 쪽으로 걸어갔다. 울창한 히말라야 삼목숲이 시커먼 웅자를 드러내고 있었다. 그녀는 한숨을 내쉬며 호텔입구로 시선을 돌렸다.

은빛 자동차가 서 있었다. 그 옆에 존슨과 쥬리가 서로 껴안고 키스를 나누고 있었다. 멜리사는 당황한 표정을 감추고 제시에게로 돌아섰다.

"나는 이곳을 떠나고 싶어졌어요."

멜리사는 떨리는 목소리로 말했다.

"너의 마음을 알겠구나. 아마 넌 믿지 못할 거야. 내가 얼마나 많이 그런 생각을 했는지……."

입술을 깨물고 있는 멜리사에게 제시는 동정을 표했다. 그녀의 얼굴에 쓸쓸한 그림자가 스쳐 지나갔다.

둘 중의 하나

멜리사는 평소보다 훨씬 늦은 시간에 잠을 깼다. 어젯밤의 피로가 아직도 가시지 않은 듯 그녀는 한참 동안이나 꾸물거리다가 마지못해 침대 밖으로 기어나왔다.

그리고 흰 면 잠옷을 벗어던지고 욕실로 갔다. 샤워를 하며 기운을 차릴 요량이었다. 차가운 물줄기가 온몸에 생기를 북돋아 한결 마음을 개운하게 만들어 주는 것 같았다.

멜리사는 젖은 몸을 닦고 크림빛 선 드레스를 골라 입었다.

그 옷은 햇볕에 그을린 그녀의 황갈색 피부와 선명한 대조를 이루었다.

그녀는 거울 앞에 앉아 헤어 드라이어로 머리를 다듬었다. 얼굴이 무척 창백하게 보이는 것 같은 복숭아빛 볼연지를 살짝 두드렸다. 그런 다음 마스카라를 칠했다. 멜리사는 거울에 바짝 얼굴을 가까이 대고 눈자위를 살폈다. 마리 아줌마가 걱정을 할 것 같았다. 밤늦도록 책을 읽어서 눈이 부었다고 둘러댈 수밖에 없었다.

사실 멜리사는 어젯밤 잠자리에 들자마자 곯아 떨어졌었다. 그러나 두 시간도 채 못 자고 다시 깨어난 그녀는 뜬눈으로 밤을 밝혔다. 동이 훤히 터올 때까지 엎치락뒤치락하며 줄곧 존슨 생각만을 했었던 것이다.

멜리사는 거울 속의 자신이 무척 바보스럽게 느껴졌다.

"얼마나 어리석은 일인지. 존슨은 결코 너 때문에 잠을 못 이룬 채 밤을 지새울 남자가 아니잖니? 그는 쥬리와 즐겁게 지난밤을 보냈을 거야."

쥬리라는 이름이 입가에 맴돌자 멜리사는 돌시 고통스러운 표정으로 변했다.

존슨이 여러 명의 여자 친구와 놀아나고 있다고 아버지가 말했었다. 그러나 지금의 존슨은 쥬리와 무척 특별한 관계로 변한 것 같았다. 쥬리와 존슨이 함께 데이트하는 것을 여러 차례 목격하지 않았던가?

물론 존슨이 매일 밤을 혼자 보내지는 않았을 것이다.

또 그런 사실이 그렇게 가슴 아픈 일은 아니었다. 그와 함께 밤을 보냈을 여자들이 그에게 특별한 의미가 있는 것은 아닐테니까. 그러나 쥬리는 다르지 않은가. 존슨이 간호하러 와달라고 자청할 정도의 사이라면 멜리사보다 더 중요한 여자임이 분명했다.

거울 속의 멜리사는 고통스러워 어쩔 줄을 몰랐다. 이제서야 그녀는 존슨의 생활 방식이 짐작이 갔다. 존슨은 결코 미래를 약속하지 못하는 사람임에 틀림없다.

다시는 그를 만나지 않으리라. 번번이 다지는 결심이었지만 결심을 할 때마다 눈앞이 흐려지는 것은 무슨 까닭이란 말인가? 멜리사는 모든 문제가 자신의 두 마음 때문이라고 생각했다. 그러니 마땅히 비난을 받아야 될 사람은 존슨이 아니라 자신이었던 것이다.

"아, 차라리 죽어 버리고 말까?"

멜리사는 자신도, 존슨도, 그리고 세상 모두도 저주스러울 뿐이었다.

그녀는 침대 시트를 정리하고 식당으로 갔다. 아버지는 이미 식당에 나와 커피를 들고 있었다.

멜리사가 나타나자 브라이스 씨는 보던 신문을 내려놓고 미소를 지었다. 멜리사는 아버지의 맞은편 자리에 앉았다.

"오늘 아침은 늦었구나. 잘 잤니? 안색이 좋아 보이는 것 같구나."

"네, 좋아요."

멜리사는 어젯밤에 만난 웬디를 떠올리며 퉁명스럽게 대답했다. 그녀는 시선을 아래로 깐 채 아버지의 얼굴을 훔쳐보았다. 아버지가 어젯밤에 집에 들어왔다는 사실이 멜리사의 태도를 누그러뜨리고 있었다. 사실 아버지는 외박을 했어야만 했다. 웬디 밀러는 불과 몇 시간 전에 만난 남자라 하더라도 능히 함께 호텔로 갈 수 있는 여자였다.

멜리사는 속으로 멋적게 웃었다. 그때 브라이스 씨가 말했다.

"혹시 너 쇼핑할 건 없냐?"

브라이스 씨는 재킷 주머니에 손을 넣어 매끄럽게 보이는 모로코제 가죽 지갑을 꺼냈다. 그는 여러 장의 고액권을 꺼내 들었다.

"이 돈은 네 마음대로 사용해라. 보석점에 들러 마음에 드는 물건을 찾아보든지. 물론 다음 학기에 필요한 생활비는 따로 주겠다."

그는 어색하게 웃으며 돈을 딸에게 건넸다. 멜리사는 잠시 망설이다가 그 돈을 받았다. 20달러짜리 지폐들이었다.

"1백 달러가 넘는군요."

멜리사는 혼잣말로 중얼거리며 아버지의 얼굴을 마주보았다. 그녀의 푸른 눈동자 속에는 당황한 빛이 역력했다.

"너무 많아요. 아무튼 다음 학기 용돈을 디리 받은 걸로 하겠어요."

"아니다, 멜리사. 신경쓸 것 없다. 그 돈으로 사고 싶은 것이 있으면 사라니까. 금목걸이를 사든 뭣을 사든 네 마음내키는 대로 말이다. 너는 쇼핑을 하러 가는 데 꾸물대는 편이지. 오늘은 일찌감치 나가 봐라.”

“알았어요.”

멜리사는 아버지에게 고개를 한 번 끄덕해 보이고 드레스 주머니에 돈을 집어 넣었다.

그때 복도에서 발자국 소리가 울리더니 식당문이 열렸다.

멜리사는 마리 아줌마에게 인사를 하려고 문 쪽으로 고개를 돌렸다. 그러나 그녀는 눈을 휘둥그렇게 뜨고 터져 나오는 외마디 소리를 가까스로 참아야 했다.

어슬렁거리며 들어선 사람은 마리 아줌마가 아니라 뜻밖에도 웬디 밀러였다. 웬디는 마치 이 집안 사람인 것처럼 행동하고 있었다.

웬디는 멜리사를 거들떠보지도 않고 브라이스 씨에게 친밀한 미소를 보냈다.

“안녕, 다아링!”

웬디는 브라이스 씨의 뺨에 살짝 키스를 하며 계속 입을 놀렸다.

“어떻게 그렇게 말짱한 모습이에요? 당신은 새벽 세 시까지 내 곁을 떠나지 않았잖아요? 나는 너무 나른해요. 그래서 정오까지 푹 자려고 했어요. 그런데 당신이 케다스 호텔의 연예 담당자를 소개시켜 준다고 했기 때문에 억지

로 일어난 거예요. 당신과 함께 차를 타고 호텔로 가려구
요.”

분노가 치밀어 올랐다. 멜리사는 이글거리는 눈으로 아
버지를 노려보았다. 그녀의 눈동자는 얼음 조각처럼 싸늘
하게 빛나고 있었다.

브라이스 씨가 얼굴을 벌겋게 붉혔다. 아버지의 그런 얼
굴이 난생 처음이지만 멜리사에게는 깊은 생각을 할 겨를
이 없었다. 멜리사는 이를 악물고 일어나 냅킨을 테이블
위에 홱 던졌다.

식당을 뛰쳐나오며 멜리사는 두 주먹을 불끈 쥐고 부르
르 떨었다.

아버지가 웬디 같은 천박한 여자를 집에까지 끌어들였다
는 사실을 어떻게 받아들여야 한단 말인가? 앞으론 아버지
의 얼굴을 똑바로 쳐다볼 수도 없을 것 같았다. 진정 믿을
수 없는 일이었다.

멜리사는 자기 방으로 돌아와 힘껏 문을 닫았다. 요란한
문 소리가 온 집 안으로 퍼져나갔다. 그녀는 신고 있던 샌
들마저 벗어던지고 창문으로 가서 망연히 밖을 내다보았
다. 나뭇가지를 흔들어 대는 바람 소리가 들렸다. 그녀는
호수에서 부서지는 햇살을 바라보며 마음을 진정시키려고
노력했다.

갑자기 방문이 열렸다. 멜리사는 고개를 신경질적으로
돌렸다. 아버지가 들어서고 있었다.

“멜리사! 이야기를 좀 하자꾸나. 나는…….”

“말하고 싶지 않아요. 아무 할 말도 없어요.”

멜리사는 쌀쌀하게 내쏘았다.

“하지만 멜리사. 내 말을 들어 봐라.”

브라이스 씨가 딸의 머리를 쓰다듬으려고 손을 내밀자 멜리사는 재빨리 그 손길을 피했다.

“그러나 제발 들어 봐라. 나는 너의 아버지이기 이전에 한 남자란다. 그리고 남자들에게 뭐가 필요하다는 것쯤이야 너도 이젠 알 수 있는 나이가 됐잖느냐?”

아버지의 말에 멜리사의 얼굴이 하얗게 변했다.

“그래서 저런 여자를 집 안까지 끌어들여야 한단 말인가요?”

“정말 일이 공교롭게 됐구나, 멜리사. 그녀가 오늘 아침 들른 것은 뜻밖이었다. 네가 있는데 말이다. 미안하구나, 멜리사.”

“왜 미안한 거죠? 내가 오늘 아침 그 여자를 보지 못했다면 아버지와 그녀의 관계가 정당하게 지속될 거라는 말씀인가요? 그렇지 않으면 두 사람의 관계가 좀더 은밀히 지속됐을 거란 뜻인가요? 왜 다른 사람의 눈을 의식해야 하는 거죠? 그리고 그 여자가 무엇을 노리고 있는지를 깨달아야 한단 말이에요. 그 여자는 아버지를 이용하고 있을 뿐이라구요. 그 점을 아셔야 해요!”

“나는 바보가 아니란다.”

브라이스 씨가 재빨리 말을 가로막았다. 퉁명스러운 대답이었다.

"그런데 왜 웬디 같은 여자와 어울리는 거죠? 도대체 무슨 이유예요? 아버지 곁에는 제시가…….."

"이 일과 제시가 무슨 상관이냐? 왜 제시의 이름을 거론하는 거냐?"

"그 이유를 모르는 건 아닐테죠? 어쨌든 아버지가 웬디와 어울리는 것은 이해할 수 없어요. 그 여자가 바라는 것은 다만 타호에서 일자리를 얻자는 거예요. 그래서 아버지의 영향력을 이용하려 하는 거라구요."

"잘 알고 있다니까. 그 여자가 날 사랑하지 않는다는 것도 잘 알고 있단다. 나도 그런 건 원하지 않는다, 멜리사! 나와 웬디는 성인이야. 우린 서로 이용하고 있는지도 모르지."

"그래서 그 여자와 계속 관계를 유지하겠다는 건가요?"

멜리사의 언성은 점점 높아졌다. 멜리사는 신경질을 내고 있었다.

"정말 그러겠단 말인가요? 어처구니가 없는 일이에요! 그렇지 않아요?"

멜리사는 숨을 깊게 들이마시곤 다시 외쳤다.

"말해 주세요. 그 여자를 택할 것인지, 나를 택할 것인지를요. 그 여자와 계속 관계를 지속하겠다면 난 떠나겠어요. 진정이에요."

"너는 내가 누군지조차 잊어버린 모양이구나. 나는 너의
아버지야! 네가 스물한 살의 숙녀인지 모르지만 나에게 그
런 식으로 말할 수는 없지 않니?"
브라이스 씨도 성난 목소리로 말했다.
"좋아요. 그러나 나를 이 집에 잡아 둘 생각은 마세요.
아버지는 그 여자와 어울리세요. 나는 이 지붕 아래에선
살 수 없어요!"
"멜리사, 네 말은 잘 알겠다. 아무튼 마음도 식힐 겸 쇼
핑이나 다녀오너라. 그리고 이번 일은 잊어버리도록 해라.
너와는 상관없는 일이잖니?"
"상관없다구요?"
멜리사는 아버지에게서 받은 돈을 주머니에서 꺼냈다.
"저는 굉장히 상관이 있어요. 이 돈은 쓰지 않겠어요.
이 돈을 받고 아버지의 죄의식을 덮어 두고 싶지는 않으니
까요. 자, 가져가서 웬디에게나 주세요. 틀림없이 좋아할
거예요. 아버지가 주는 돈으로 옷을 사 입느니 차라리 벌
거벗고 다니겠어요."
"너는 너무 지나친 반응을 보이고 있구나."
브라이스 씨는 멜리사가 내민 돈을 쳐다보지도 않고 돌
아섰다.
"나중에 기분이 좀 나아지면 얘기하도록 하자. 지금은
시간이 없어서 말이다……."
멜리사는 아버지가 방문을 닫고 나가자 돈을 힘껏 방바

닥에 내던졌다. 이대로 고분고분하게 주저앉고 싶지는 않
았다. 그러나 앞으로 어떻게 처신해야 할는지는 막막하기
만 했다.
　"아! 나는 태어나지 말았어야 했어. 세상에 나처럼 불행
한 사람이 또 어디에 있을까!"
　멜리사는 소리없이 흐느끼기 시작했다.

정답 찾기

멜리사는 아버지와 다투고 난 다음 울적한 기분을 달래려고 호숫가로 나갔다. 그녀는 따가운 햇살을 받으며 모래밭에 응크리고 앉아 이런저런 생각을 해보았지만 좀체 화가 가시지 않았다.

볼티모어로 돌아갈까 하는 생각이 끊임없이 들었다. 그러나 어머니에게로 돌아간다고 만사가 해결되지는 않을 것이다. 그것은 오히려 아버지를 돕는 결과가 될 것이 뻔했다. 그러나 그렇다고 깨끗이 잊어버릴 수는 없는 일이 아닌가.

멜리사는 이번 기회를 통해 아버지의 무절제한 생활에 일침을 가하고 싶었다. 아버지는 분명 따끔한 자극이 필요한 사람이다. 아버지는 자신의 생활 방식을 돌이켜볼 계기가 필요한 사람이다.

그날 오후 네 시경 멜리사의 머리 속을 스쳐간 섬광이 있었다. 멜리사는 회심의 미소를 지으며 자리에서 일어섰다. 그녀는 모래밭에 널려 있는 소지품을 챙겨서 급히 집으로 돌아왔다.

멜리사는 서둘러 짐을 꾸리기 시작했다. 옷가지는 물론 필요하다고 생각되는 물품은 모두 여행용 가방에 챙겼다. 조그만 화장품 케이스와 여분의 신발 한 켤레도 잊지 않았다.

마리 아줌마는 멜리사의 행동을 근심 어린 표정으로 지켜보고만 있었다. 이윽고 그녀가 말문을 열었다.

"설마 떠나려는 건 아니겠지?"

"떠나려는 거예요. 그 이유를 아줌마도 알고 있잖아요?"

멜리사는 담담하게 대답했다. 그녀는 면 잠옷을 집어 넣고 있었다.

"네 아버지가 그 알 수 없는 여자를 데리고 와서 마음이 상했겠구나. 안타까운 일이야. 나도 기분이 좋지 않았으니까. 네가 있는데도 그런 여자를 데려온 것은 그분의 잘못이야. 그러나 그분이 그렇게 한 건 네가 충분히 이해하리라고 생각했던 탓일 거야."

멜리사는 손을 내저었다.

"절대 용납할 수 없는 일이에요. 난 벙어리나 장님이 아니잖아요?"

"그렇지만 네가 어머니한테 돌아가는 것이 최선책은 아닐 게다."

"난 엄마한테 돌아가려는 것이 아니에요."

멜리사는 가방의 지퍼를 닫으며 묘한 웃음을 입가에 흘렸다.

"내가 이런 말한다고 화내진 말아요, 아줌마. 나는 어떤 남자에게 가려는 거예요. 아버지에게 자극을 주려구요."

그 말에 마리 아줌마의 얼굴이 벌겋게 달아올랐다. 마리는 몹시 충격을 받은 듯 부르르 몸을 떨었다. 그녀의 늘어진 두 볼이 가늘게 떨렸다.

마리 아줌마는 멜리사를 노려보았다. 말이 나오지 않는 모양이었다.

"그렇게 하면 안 돼. 어떻게 그런 말을 하는 거냐? 남자를 찾아간다니, 아이구 맙소사! 절대로 그럴 순 없어. 나는 네 발목을 붙들고 늘어질 거야."

"날 막진 못해요, 아줌마. 내 결심은 일시적인 충동 때문이 아니에요. 아버지는 웬디와 어울리잖아요? 나 역시 내가 원하는 남자와 어울릴 권리가 있는 거예요. 나는 스물한 살이니까요. 아버지도 아줌마도 나를 막을 순 없어요."

멜리사는 가방을 집어 들었다. 여전히 그녀는 침착을 잃지 않고 있었다. 마리 아줌마는 다소 누그러진 목소리로 간청했다.

"그러나, 멜리사. 그건 어리석은 행동이란다. 너는 아직 세상 물정을 모르는 나이야. 천천히 남자를 사귈 수도 있는 것 아니니?"

멜리사는 고개를 저었다.

"어떤 남자들과도 사귀고 싶지 않아요. 나는 이미 마음 속에 새겨 둔 남자가 있어요."

"그 사람이 누구냐? 혹시 그 로켄가 하는 도박꾼 아니냐? 자기가 병이 났다고 너를 안달하게 만들었던 그 사람 말이다."

"네, 맞아요. 그러나 염려하지 마세요, 마리 아줌마. 존슨의 집에는 여분의 침실이 있으니까요. 나는 아버지가 반성할 때까지 그곳에 머무르겠어요. 아버지가 웬디와의 관계를 깨끗이 청산한다면 다시 돌아오겠어요."

마리 아줌마는 믿을 수 없다는 듯이 고개를 설레설레 흔들었다.

"존슨은 너의 친구가 아니란다. 그 사람이 너를 그냥 놔둘 성싶니? 그는 남자야, 멜리사."

"그는 아줌마가 생각하는 것처럼 나쁜 사람이 아니에요. 그래서 그의 집으로 가려는 거예요. 존슨은 믿을 수 있는 사람이에요."

“남자란 모두 믿을 수 없는 존재란다. 그 사람이 병났을 때 나도 너의 반응을 눈치 못 챈 건 아니다. 그러나 그 남자를 사랑한다면 지금의 네 행동은 현명하지 못해. 아무리 며칠 동안이라고 하지만 그가 만일에……."

“나는 그 사람을 사랑하지 않아요. 아줌마는 왜 그런 생각을 갖게 된 거죠?”

멜리사는 단호하게 마리 아줌마의 말을 부정했다.

“나는 한두 살 먹은 어린애가 아니란다. 너의 얼굴에 그렇게 씌어 있어. 그 남자는 너의 마음을 사로잡고 있는 게 틀림없어. 나를 속일 수는 없다.”

“좋아요, 좋아. 그가 내 마음을 끌고 있는지는 모르지만 난 사랑하고 있지 않단 말예요. 설사 그렇더라도 그에게 고백하진 않을 거예요. 그러니 내가 그의 집에 있는 동안 나쁜 짓을 하리라고 걱정하진 마세요. 어쨌든 그는 나를 어린애라고 생각하고 있으니까요.”

멜리사는 마리 아줌마의 강렬한 시선을 의식하며 더듬더듬 솔직하게 마음을 밝혔다.

“존슨이라는 사람, 얼간이는 아니겠지? 너를 어린애라고 생각하는 남자는 머리가 좀 돈 게 틀림없을 게다. 정말 그 남자가 얼간이라도 된다는 거냐?”

“정상적이죠. 매우 지성적인 남자예요. 모든 것이 완벽하구요.”

멜리사는 가방을 들고 걸음을 옮겼다. 마리 아줌마의 볼에 키스를 해주고 싶었다.

"너무 상심하지 마세요. 내 몸은 내가 알아서 잘 돌볼테니까요. 그러나 아버지에겐 얘기하지 마세요. 아버지의 근심은 좋은 약이 될 거예요. 내가 존슨과 함께 지내면 아버지는 어쩔 수 없이 웬디와 헤어질 거예요."

"정말 그렇게 될까? 너만 고집이 있는 게 아니야. 브라이스 씨의 고집은 너보다 한 수 위라는 걸 잊었니? 그러니 이 싸움에서 쉽게 이길 수 있다는 생각은 버리는 게 좋을 거야. 자, 어서 가방을 내려놓으려무나."

마리 아줌마의 경고였다.

"나는 계획대로 밀고 나갈 거예요. 웬디가 사라질 때까진 돌아오지 않겠어요. 안녕히 계세요, 마리 아줌마."

멜리사는 문의 손잡이를 잡은 채 잠시 주저했다.

"그 여자는 아버지와 카지노에 있겠군요. 난 그 여자를 꼭 쫓아내고야 말겠어요."

"그 여자는 호텔의 연예 담당자를 만나보러 간 모양이더라."

마리 아줌마가 담담하게 말했다.

"그 여자가 이겼군요. 며칠 뒤에 봐요, 다리 아줌마."

멜리사는 방문을 열고 나왔다.

"처신을 잘해야 해. 도박꾼들은 나뭇가지에서 지저귀는 새처럼 매력이 있지. 그러나 달콤한 노래어 넘어가서는 안 돼. 반드시 후회하게 될테니까."

마리 아줌마는 마지막으로 당부했다.

"제발, 걱정 말아요."

멜리사는 부드럽게 말했지만 마리 아줌마의 말이 틀리지는 않다고 생각했다. 존슨은 언제든지 유혹의 손길을 뻗칠 수 있는 남자였다.

그러나 멜리사는 자신의 행동이 현명한 것인지 아닌지를 아직 모르고 있었다.

모순 덩어리

존슨의 집에는 아무도 없었다. 그가 외출 중인 것이 멜리사에게는 오히려 다행스럽게 느껴졌다.

멜리사는 가방을 현관에 내려놓고 현관 옆 화분 속에서 열쇠를 찾아냈다. 언젠가 무릎을 다쳤던 날 그가 열쇠를 감춰 두는 곳을 눈여겨 본 일이 있었다.

초청받지 않은 그의 집이지만 안에 들어가는 것이 망설여지지는 않았다. 존슨이 병이 났을 때도 찾아왔던 일이 있었기 때문이다. 물론 이번 일은 경우가 현저하게 다르지만, 문을 열고 들어서자 조지아가 슬그머니 일어나 그녀에게로 달려왔다. 그 개는 마치 가구의 일부분인 것처럼 보였다. 조지아는 멜리사를 반기고 있었다. 조지아는 앞발을 번쩍 치켜들며 그녀에게 매달렸다.

"그래, 반갑다. 그러나 오늘 밤 너의 주인이 너처럼 굴지 않았으면 좋겠구나."

멜리사는 개의 머리를 몇 번 쓰다듬고 침실로 통하는 계단을 조심스럽게 올라갔다.

짐을 그 침실로 옮겨 놓았다. 침실에는 청동 받침으로 된 침대가 놓여 있었다. 멜리사는 오늘 밤을 편히 보낼 수 있을는지 은근히 걱정됐다. 쉽지는 않을 것이다. 바로 옆 방에서 존슨의 숨소리가 들려 올테니까.

조지아는 줄곧 그녀의 뒤를 졸졸 따라다녔다. 일곱 시가 지났다. 멜리사는 존슨이 늦을 것이라고 짐작하고 샐러드를 만들어 혼자 먹었다. 그녀는 냉장고에서 햄을 꺼내 조지아에게 줬다.

존슨이 올 때까지 뭔가 소일거리가 있었으면 했다. 그녀는 문득 타자기에 시선을 멈췄다. 어머니에게 편지를 쓰고 싶은 생각이 들었다.

그 타자기는 매우 값비싼 전동식이었다. 멜리사는 웬지 손대기가 싫었다. 존슨의 허락을 받지 않고 그가 아끼는 물건을 사용하고 싶지 않았다.

어머니에게 편지를 쓴다 해도 별로 할 말도 없었다. 타호에서 잘 지내고 있다는 거짓말을 해야 될 것이 아닌가? 어떻게 아버지와 다투고 집을 뛰쳐나왔다고 밝힌단 말인가? 그러면 볼티모어에 있는 어머니의 평화까지 해치는 일이 될 것이다.

멜리사는 편지를 쓰는 대신 독서를 하기로 했다. 그녀는 존슨의 침실로 들어가 서가를 살폈다. 책장에는 〈고딕 로맨스〉가 꽂혀 있었다. 그녀는 빙그레 웃으며 그 책을 뽑아 들고 다시 아래층 거실로 내려왔다.

멜리사는 읽다가 접어 둔 페이지를 찾았다. 그녀는 곧 영국의 낡은 고성에서 벌어지는 수상쩍은 인물들의 음모 속으로 빠져들었다. 사건은 점점 긴박하게 전개되고 있었다.

괘종시계가 11시를 알렸다. 멜리사는 책을 소파에 놔두고 조지아를 데리고 집 밖으로 나왔다. 그녀는 현관에 걸린 청동 램프의 불빛 아래 우두커니 서서 하늘을 올려다보았다.

두껍고 시커먼 구름떼가 하늘을 뒤덮고 있었다. 세찬 바람이 소나무 가지들을 흔들었다. 갑자기 번갯불이 번득였다. 멜리사는 얼른 집 안으로 들어와 문을 닫았다.

갑작스런 빗방울이 창문을 두드렸다. 조지아는 멜리사의 발 밑에 웅크린 채 낑낑거렸다.

그녀는 다시 책을 읽어 나갔다. 여주인공은 성 안에 자기편이 또 있다는 사실을 드디어 알아챈 모양이었다. 멜리사의 움츠러들었던 마음이 활짝 개는 것 같았다.

그 순간이었다. 집 안의 전등이 전부 꺼지고 말았다. 전 깃불은 다시 한 번 껌뻑이다가 곧 꺼져 버렸다.

나뭇가지가 바람에 날려 현관문을 날카롭게 후려쳤다. 조지아는 잔뜩 겁을 먹었는지 낮게 으르렁거렸다.

창문 밖에서 뭔가 어른거렸다. 멜리사는 존슨이 온 것이 아닌가 해서 잔뜩 긴장했지만 이상한 소리가 계속 나는 것이었다. 이런 우중에 존슨이 장난을 할 리는 만무했다.

그것은 들고양이의 울음 소리였다. 멜리사는 수수께끼가 풀리자 안도의 한숨을 내쉬었다. 그러자 조지아는 계속 낑 낑거리며 그녀에게로 파고들었다.

"저건 고양이라구, 이 멍청아! 너는 제몸 하나 가누지 못하는구나. 이상한 소리가 들리면 큰소리로 짖어야지 이 렇게 숨으려고만 들다니."

그녀는 부드럽게 개를 얼렀다. 조지아는 까만 눈동자로 그녀를 멀뚱멀뚱 쳐다보았다.

"그러나 넌 귀염둥이야. 그렇지?"

그녀가 조지아를 쓰다듬자 조지아는 그렇다는 듯이 꼬리 를 흔들었다.

"자, 나쁜 들고양이는 가버렸으니 어서 마루로 내려가 렴."

멜리사는 조지아를 나바조 양탄자 위에서 밀어냈다. 그 리고 얼마 안 있어 전등이 다시 들어왔다.

멜리사는 책을 들고 하품을 길게 했다. 그녀는 책을 보는 둥 마는 둥하며 눈을 감았다.

가볍고 부드러운 손길이 그녀의 머리칼을 쓰다듬고 있었다. 멜리사는 졸음에 겨운 눈을 치켜뜨고 위를 올려다보았다.

"오, 존슨!"

멜리사는 존슨을 쳐다보며 나직이 부르짖었다. 불빛을 등지고 서 있는 존슨의 매력적인 모습에 이끌려 그녀는 부스스 일어났다.

존슨이 그녀의 허리를 힘껏 끌어안았다.

"메리, 여긴 무슨 일이오? 무슨 일이 있었소?"

존슨은 그녀의 머리칼을 쓰다듬으며 부드러운 목소리로 물었다.

"아녜요. 그건……"

멜리사는 말꼬리를 흐렸다. 그리고 자신의 손톱을 입으로 가져갔다.

그녀의 바로 앞에 존슨이 서 있었다. 멜리사는 그의 체온까지 느낄 수 있었다. 멜리사는 힘없이 억지로 웃으며 한걸음 뒤로 물러섰다.

멜리사는 심호흡을 몇 번 한 뒤 차근차근 말문을 열었다. 아버지와 웬디 사이의 관계를 설명하는 그녀의 목소리는 무척 떨렸다. 존슨은 그녀가 말을 마칠 때까지 말없이 바라보고만 있었다.

멜리사는 더듬거리며 다시 말했다.

“내가 왜 그렇게 화를 냈는지 당신은 이해하지 못할 거예요. 아버지와 웬디의 관계가 당신에게는 대수롭지 않게 보일테까요.”

“당신은 여전히 편견을 갖고 있는 것 같소. 내가 당신 아버지와 조금도 다름없는 인간이라고 추측하고 있지 않소?”

존슨은 멜리사의 허리를 끌어안은 채 유감스럽다는 시늉을 했다. 그는 익살스럽게 고개를 흔들었다. 멜리사는 아무 대답도 할 수 없었다.

“나도 당신의 기분을 이해할 수는 있소. 그러니 제발 추측일랑 집어치워요. 추측이란 건 항상 올바른 것이 아니니까. 하지만 브라이스 씨도 당신이 원하는 방식으로 살아갈 수는 없을 거요. 그 사실만은 인정해야 해요, 메리.”

“그렇겠군요. 그렇지만 아버지가 웬디와 함께 어울려 바보짓을 하는 한 나는 집에 들어가지 않을 거예요. 억지가 아니라구요.”

존슨은 손으로 그녀의 턱을 치켜올리고 그녀의 눈동자를 뚫어져라 들여다보았다.

“그것이 당신이 여기 온 이유란 말이오?”

“제발 내쫓지는 마세요, 존슨. 귀찮게 굴지는 않겠어요. 웬디는 오늘 아침 마치 자기 집에 온 것처럼 행동했어요. 나로서는 도저히 참을 수가 없었어요.”

멜리사의 말에 존슨은 눈썹을 치켜올렸다.

"정말 모순 덩어리로군, 메리. 내가 당신의 아버지와 같다고 생각하고 있으면서 여기로 찾아오다니. 그래, 여기 머무르는 동안 내가 무슨 짓을 할지 두렵지 않소? 당신은 나를 믿을 수 있단 말이오?"

멜리사는 얼굴을 붉혔다.

"나는 당신을……믿을 수 있어요. 그리고 언젠가 당신이 말했잖아요? 내가 너무 어리다고. 그래서 홍미도 갖고 있지 않다고……."

멜리사는 더듬더듬 말했다. 그리고 고개를 숙였다.

"나는 늘 당신에게서 매력을 느끼고 있소. 당신은 홍미 있는 여자요."

존슨은 그녀를 으스러지게 끌어안고 키스를 했다.

"내가 전에 얘기하지 않았소? 당신의 순진함은 정말 매력적이라고, 메리."

그는 멜리사의 귓바퀴를 부드럽게 깨물었다.

"내가 이렇게 당신의 몸에 손을 대도 당신은 나를 믿을 수 있단 말이오? 내 말뜻을 알아듣겠소?"

그는 그녀의 가슴을 손바닥으로 쓰다듬었다.

"가슴이 마구 뛰고 있군, 메리. 나를 두려워하고 있는 거요?"

"그래요. 이따금씩……."

멜리사는 입술에다 침을 묻혔다. 그녀는 몹시 당황한 기색이었다.

"……당신도 정말 모순 덩어리예요. 나는 알 수 없었어요. 당신이 무슨 생각을 하고 있는지……. 나를 원하는 것인지 어쩐지는 정말……."

"언제나 당신을 원했소, 메리. 당신은 사랑스러운 여자니까. 나는 당신과 사랑을 나누고 싶소. 그러나 당신은 지금 아버지에게 돌아가야만 해요."

존슨은 빙그레 웃으며 그녀의 몸에서 떨어졌다.

멜리사는 까닭없이 서운한 생각이 들었다. 지난번 존슨과 침실에서 벌였던 실랑이가 문득 떠올랐다. 존슨은 지금 그때 그 표정을 하고 있었다. 그는 바지 주머니에 두 손을 찔러넣고 무뚝뚝하게 서 있었다.

"그러나 오늘 밤은 여기서 자고 가는 게 좋을 것 같군. 벌써 두 시나 되었소. 당신은 몹시 피곤해 보이는군. 자, 자러 갑시다. 물론 따로따로 말이오."

멜리사는 그제서야 안심을 하고 어깨를 으쓱했다.

"나를 내쫓지는 않겠다는 건가요?"

"내 생각은 메리. 당신은 집으로 돌아가야 해요. 집에서 도망쳐 나온다고 해서 문제가 풀리는 것은 아니잖소?"

존슨의 목소리는 조심스러웠다.

멜리사는 고집스럽게 입을 다물고 있다가 말했다.

"아버지가 웬디를 단념하기 전에는 절대 집에 돌아가지 않겠어요. 내가 여기 있는 게 싫으세요? 그러면 가까운 호텔까지 차로 데려다 줄 수는 있을테죠?”

　“그건 안 돼요, 메리. 오늘 밤은 여기서 묵도록 해요. 그러나 조금 전의 내 말은 잊지 말아요. 언젠가 내 침실에서처럼 그런 반응을 보인다면 나는…….”

　멜리사는 그가 하지 않은 뒷말이 무척 궁금해졌다.

아버지와 딸

 "메리! 메리! 어서 일어나요."

멜리사는 몇 번 몸을 뒤척인 후 눈을 떴다. 존슨이었다. 존슨의 얼굴이 확대되어 나타났다. 멜리사는 그 순간 두려운 마음이 일었다.

존슨이 부드럽게 웃고 있었다.

"일어나야 해, 메리. 당신 아버지가 왔어요. 지금 당신을 찾고 있소."

그 말에 그녀는 잠이 완전히 달아나는 것 같았다. 멜리사는 팅기듯이 침대에서 벌떡 일어났다.

멜리사는 존슨의 시선을 의식하고 재빨리 침대 시트를 목 아래까지 끌어올렸다.

"아버지가 찾아왔다구요? 몹시 화를 내고 있던가요?"

"당신이 여기 있다는 사실에 대해 몹시 못마땅해 하고 있더군. 나에 대해서도 말이오. 내가 당신을 부추겨서 꾸민 일인 줄 알고 있는 모양이오."

존슨은 억지 웃음을 웃었다.

"미안해요, 존슨. 당신을 괴롭힐 생각은 전혀 없었어요. 하지만……."

"당신은 아버지에게 우리가 서로 사랑하는 사이인 것처럼 믿도록 만들고 싶었던 거죠?"

존슨이 그녀 대신 말을 맺었다. 그는 빙그레 웃고 난 다음 계속 말했다.

"어쨌든 당신의 음모는 성공인 것 같소. 지금 브라이스 씨는 우리가 사랑하는 사이인 줄 착각하고 있으니까. 그러나 역효과를 낼지도 모르는 일이오. 브라이스 씨는 틀림없이 나를 교활한 인간이라고 생각할 거요. 그 때문에 브라이스 씨도 고집을 꺾지 않으려고 들 거요. 그가 당신처럼 고집스럽다면 말이오."

"마리 아줌마도 그렇게 말했어요. 아버지를 누구보다도 잘 아는 사람은 마리예요."

멜리사는 깊은 시름에 젖은 얼굴로 존슨을 쳐다보았다.

　"그러나 나는 물러서지 않을 거예요. 당신은 나를 도와 줄 수 있을테죠? 그렇죠? 내 말은 애인처럼 행동해 달라 는 거예요. 제발 내가 여기 있는 게 싫지 않다는 듯이 말해 주세요."

　"나는 벌써 이 음모에 가담하고 말았소. 아까 현관문이 열릴 때 나는 몹시 걱정했었소. 브라이스 씨의 강펀치를 맞고 뻗게 되지나 않을까 하고 말이오."

　멜리사는 웃음이 나오려는 걸 참았다. 그때야 비로소 존슨의 차림새가 눈에 들어왔다.

　존슨은 잠옷을 입고 있었다. 그녀의 시선은 옷깃 사이로 드러난 그의 가슴을 더듬어 내려갔다. 짧은 잠옷 아래 드러난 그의 털투성이 다리는 마구 그녀의 가슴을 뛰게 만들었다. 멜리사는 재빨리 시선을 거두고 그의 얼굴을 바라보았다.

　연인으로 보이기에 손색이 없는 존슨이었다.

　"어서 서둘러 나와요, 메리."

　그는 퉁명스럽게 명령을 하고 밖으로 걸어나갔다.

　"꾸물거리면 아마 브라이스 씨가 뛰어올라올 거요."

　존슨이 문 밖으로 사라지자 그녀는 시트를 젖히고 침대에서 나왔다.

　맞은편 벽에 걸린 큰 거울엔 그녀의 모습이 비쳤다. 멜리사는 거울에 비친 자신의 모습을 면밀히 살폈다. 그녀는 두꺼운 나이트가운을 입고 있었다.

멜리사는 열정으로 격렬하게 밤을 지새운 여자처럼 꾸미고 아래층으로 내려가고 싶었다. 아무래도 이대로는 너무 점잖아 보일 것만 같았다.

그녀는 먼저 머리부터 헝클어 놓기 시작했다. 머리핀을 뽑고 뒷머리를 마구 쑤석거려 놓았다. 그리고 발뒤꿈치를 들고 살금살금 존슨의 침실로 들어갔다.

그의 침대는 흐트러져 있었지만 그의 파자마는 눈에 띄지 않았다. 존슨은 알몸으로 잠을 자는 버릇이 있는 걸까? 멜리사는 그의 장롱을 뒤진 끝에 해군 잠옷 같은 짧은 실크 잠옷을 찾아냈다. 그녀는 입고 있던 나이트가운을 벗어 던지고 그 옷을 입었다. 손목까지 흘러내린 옷소매를 접고 벨트는 느슨하게 맸다.

그 커다란 잠옷은 그녀의 모습을 선정적으로 만들기에 충분했다. 분명 브라이스 씨는 충격을 받을 것이다.

멜리사는 존슨의 방에서 돌아나와 다시 거울 앞에 섰다. 그녀는 한바퀴 빙글 돌며 만족한 표정을 지었다. 이제 모든 준비는 완벽하게 끝난 것이다.

멜리사는 문을 살짝 열고 계단을 내려갔다. 자꾸 가슴이 두근거렸다. 멜리사는 침착해야 한다고 속으로 몇 번이고 다짐했다.

아래층에 다다랐을 때까지 존슨도 아버지도 그녀의 출현을 눈치채지 못하고 있었다. 멜리사는 용기를 내기 위해 크게 숨을 들이쉬었다.

“안녕하세요?”

멜리사는 느린 동작으로 거실을 가로질러 존슨이 앉은 의자 옆으로 갔다. 그리고 존슨에게 나른한 미소를 건넸다. 멜리사는 존슨의 어깨에 손을 걸치고 아버지를 흘끗 쳐다보았다.

브라이스 씨의 눈에서는 불꽃이 일고 있었다. 브라이스 씨는 멜리사에게 손찌검이라도 할 듯이 노려보았다. 그의 안면은 몹시 씰룩거리고 있었다.

그러나 멜리사는 의연하게 서서 말없이 아버지를 바라보았다.

“대체 그런 차림으로 내려온 것은 무슨 의도냐? 어떻게 네가 이럴 수가 있어? 무얼 증명해 보이고 싶다는 거냐?”

브라이스 씨는 버럭 소리를 질렀다. 그는 주먹을 쥐고 부르르 떨고 있었다.

“아무 의미도 없어요. 얼마 동안 존슨과 함께 지내고 싶어서 이곳으로 왔을 뿐이에요. 아버지와 웬디가 있는 집에는 있을 수가 없으니까요. 마리 아줌마가 말하지 않던가요?”

멜리사는 태연하게 대답했다.

브라이스 씨는 등을 소파에서 떼어내 앞으로 기울였다. 험악한 표정은 좀처럼 가실 줄 몰랐다.

“마리는 어제 늦게까지 나를 찾은 모양이더라. 그러나 불행히도 내가 카지노에 없었어. 새벽 세 시쯤 돼서 집에 돌아가니 마리는 잠들어 있었어. 아침에야 나는 이런 사실을 알았다. 마리가 나를 깨우고 네가 여기로 갔다고 알려 주더구나. 마리는 무척 걱정하고 있어. 나도 그 말을 듣고 정신을 가누지 못했었다. 그러니 빨리 짐을 꾸려라, 멜리사. 당장 너를 데리고 가야겠다. 가지 않겠다면 질질 끌고라도 가겠다."

브라이스 씨는 멜리사가 어떤 곳으로도 도망갈 수는 없다는 듯이 당연한 표정으로 말했다.

"나는 아버지의 생각과는 달라요."

멜리사는 침착한 목소리로 대답했다. 의식적으로 침착하려고 노력하면서 멜리사는 존슨을 흘끗 쳐다보았다. 존슨은 의미 있는 눈짓을 했다.

멜리사는 아버지에게 도전이라도 하듯 이제는 턱까지 치켜들고 말했다.

"다시 말씀드리지만 나는 돌아가지 않겠어요."

"뭐라고? 너는 내 말을 들어야 해! 너는 지금 아버지에게 강요하고 있어! 웬디 문제는 내가 알아서 결정할 일이야. 네가 왈가왈부할 문제가 아니란 말이야! 너는 아직 어린애지 어른이 아니잖니? 그걸 깨닫지 못한다면 따끔한 맛을 보여 주겠다."

브라이스 씨는 버럭버럭 고함을 질렀다. 그러나 아버지의 울화통은 딸의 저항을 더욱 견고하게 만드는 역할을 하는 데 그칠 뿐이었다. 멜리사는 덩달아 화가 치밀었지만 열심히 화난 표정을 감추려 했다.

그러나 멜리사의 노력과는 정반대의 표정이 그녀의 얼굴에 나타났다. 멜리사는 그 점을 미처 깨닫지 못하고 있었다. 그녀의 차림새는 그녀를 더욱 앳되게 보이도록 만들었다. 그녀는 마음을 단호하게 먹고 있었지만 고운 얼굴에는 천진한 기색이 역력했다.

브라이스 씨는 존슨에게 시선을 돌렸다.

"우리가 그렇게 친밀한 사이는 아니었지만 그래도 난 당신이 양식 있는 사람이라고 알고 있었소. 멜리사 같은 어린아이를 농락하지 않을 만큼의 지성은 갖춘 걸로 알고 있었단 말이오. 그런데 이게 무슨 일이오?"

존슨은 브라이스 씨의 말을 가만히 듣고만 있었다.

"멜리사는 어젯밤과 달라진 것이 조금도 없습니다."

존슨은 담담하게 말했다. 멜리사는 아버지와 존슨의 얼굴을 번갈아 쳐다보느라 바빴다.

"그러나 브라이스 씨. 멜리사는 어린아이가 아닙니다. 그녀는 스물한 살의 성숙한 처녀입니다. 정직하게 말씀드리지요. 나는 멜리사를 좋아합니다. 여러 면에서 그녀 역시 내게 호감을 갖고 있다고 생각하고 있습니다. 어젯밤 우리 사이에는 아무 일도 없었지만 앞으로의 일은 장담할 수 없습니다. 멜리사가 여기에 머무르는 한 말입니다."

브라이스 씨는 멜리사에게로 고개를 돌렸다.

"너에게 정말 실망했다. 너는 지금 불장난을 하고 있는

거야. 존슨은 너에 비해 너무 나이가 많아. 정신차리지 않
으면 너는 큰 상처를 입게 돼. 정말 네 행동을 믿을 수 없
구나. 제발 여자답게 2층으로 올라가서 짐을 꾸려라. 그리
고 집으로 돌아가자.”
 “존슨이 나이가 많다면 아버지도 웬디에겐 너무 나이가
많은 거예요. 아버지는 그녀와 함께 어울리세요. 나는 여
기서 존슨과 함께 있겠어요.”
 멜리사는 매우 조심스럽게 아버지의 말을 받았다.
 더 이상 참을 수 없다는 듯이 브라이스 씨는 벌떡 일어
섰다.
 “너는 제정신이 아니구나. 너는 나의 딸, 나는 너의 아
버지야. 내 딸이라면 그런 식으로 얘기할 수 없어. 정신이
제대로 들거든 연락해라. 데리러 올테니.”
 브라이스 씨는 존슨을 한 번 더 노려보곤 방을 나갔다.
현관문이 꽝 하며 닫히는 소리가 집 안을 뒤흔들었다.
 멜리사는 어깨를 축 늘어뜨리고 존슨을 바라보았다. 존
슨이 소파에서 일어났다.
 “얼마 동안 여기 있는 것이 좋겠소. 당신의 아버지가 마
음을 바꿀 때까지 말이오.”
 “귀찮게 하지는 않겠어요. 나를 좋아한다고 말해 줘서
고마워요. 매우 그럴 듯하게 연기하더군요.”
 “진정이었소, 메리. 그러니 이제 나에 대한 편견은 버리
도록 하시오. 어젯밤 내가 한 말도 명심해요. 나는 당신을

갖고 싶소. 당신이 순결을 지키고 싶다면 그런 선정적인 옷차림으로 내 앞에 나타나지 말아요. 나는 남자이지 성자는 아니란 말이오. 유혹을 이겨낼 수 없는 사내란 말이오. 이해하겠소?”

  존슨은 혼잣말을 하듯이 중얼거렸다. 그의 눈동자 속에는 뜨거운 불빛이 어려 있었다.

  그가 성큼 다가와서 그녀를 얼싸안으려 했다. 그러나 멜리사는 낮은 신음을 뱉으며 재빨리 돌아서서 2층으로 뛰어올라갔다.

  문 앞에 이르러 그녀는 가쁜 숨을 몰아쉬며 이마를 문에 기댔다.

두 여자

존슨의 집에서의 생활도 일 주일이 지나갔다. 여기서 지내다보니 게으름만 늘어난 모양이었다. 그전 같으면 8시만 되면 일어났는데 8시가 지나고도 한 시간쯤 더 걸려야 침대에서 꾸물거리며 빠져나올 수 있었다.

방을 나온 멜리사는 방문 앞에 멈춰 서서 길게 하품을 하고 있었다. 그녀는 팔을 뒤로 뻗어 몸을 좌우로 흔들어 보았다. 나른한 기운이 온몸에서 빠져나가는 것 같았다.

멜리사는 복도 저쪽에 존슨이 서 있는 것을 발견하고 재빨리 동작을 멈췄다. 그리고 급히 연초록색 티셔츠의 단추를 잠갔다.

그녀는 바지 주머니에 손을 찔러 넣고 존슨에게로 다가갔다.

"잘 잤어요?"

존슨은 그녀에게서 눈을 떼지 않은 채 고개만 약간 끄덕였다. 그는 카키색 바지에 해군들이 입는 면 셔츠를 입고 있었다. 야성적인 매력이 물씬 풍기는 차림이었다.

"오늘은 파출부가 오지 않는 날이죠? 내가 아침 식사를 준비할까요?"

"고맙군. 그렇지만 필요없소. 한 시간 전에 간단하게 아침을 마쳤으니까."

"그랬어요? 당신이 요리를 할 줄 안다는 건 모르고 있었어요."

그녀의 갈색 눈썹이 동그랗게 치켜져 올라갔다.

"왜 그렇게 놀라는 거요? 카드 게임 외에는 내가 아무것도 못 한다고 생각했나 보군."

그는 일부러 성난 표정을 했다.

"아녜요. 결코 그런 뜻에서 한 말은 아니었어요. 남자들은 대부분 부엌일에는 서투르잖아요. 그래서 나는 당신도 마찬가지일 것이라고 생각했어요. 나의 아버지는 물조차 데울 줄 모르거든요."

"이봐요, 메리. 나는 당신 아버지의 복사판이 아니라고 몇 번이나 얘기해야 되겠소?"

존슨은 한걸음 다가서며 그들 사이의 거리를 좁혔다. 그는 화를 내며 그녀의 손을 거칠게 움켜잡았다.

"남자는 다 같은 것이 아니야. 도박꾼도 마찬가지란 말이오. 대체 내가 어떻게 해야 당신은 나를 믿을 수 있겠소? 내가 당신의 아버지와 다르다는 점을 어떻게 설명해야 되겠소? 나는 나고 브라이스는 브라이스란 말이오."

멜리사는 햇볕에 검게 그을린 그의 얼굴을 올려다보았다. 야윈 얼굴이었다. 그녀는 존슨의 심각한 어투에 눌려 기가 죽어 있었다.

멜리사는 마른 입술을 적시며 눈을 감았다. 그의 시선을 견딜 수가 없었기 때문이었다.

"나는 당신이……다르다는 걸 모르진 않아요. 적어도 당신이라면 아버지와는 다를 것 같아요."

아버지와 다르다니……. 말을 꺼낸 멜리사 자신도 아리송한 말이었다. 멜리사는 입술을 깨물면서 고개를 숙였다. 황갈색 머리칼이 커튼처럼 그녀의 뺨 위로 드리워졌다. 마침내 가벼운 한숨을 뱉으면서 그녀는 입을 열었다.

"내 생각으론 당신이 다르다는 거예요. 그러나……나는 언제나……."

"모든 도박꾼들은 천박하고 이기적이고 충동적이고 여자를 밝히고 절대 신뢰할 수 없고……."

존슨이 그녀의 말을 가로챘다. 그리고 그는 두 손으로

그녀의 목을 부드럽게 감쌌다. 그는 양 엄지손가락으로 그녀의 턱을 만졌다.

"나는 왜 당신 앞에서 점잖아야만 하지, 메리?"

그는 대답을 원하고 있는 게 아니었다. 그는 멜리사를 바짝 끌어안고 입술을 찾았다. 따뜻하고 부드러운 입술이었다. 멜리사는 온몸의 기운이 일시에 빠져나가는 걸 느꼈다.

"멜리사, 당신도 알고 있겠지. 지금 당신이 날 어떻게 만들고 있는지……."

그의 따뜻한 숨결이 그녀의 얼굴에 와 닿았다.

"당신을 갖고 싶소. 더 이상 참을 수가 없다구. 대체 뭘 기다리는 거요, 멜리사."

멜리사는 그의 가슴에 얼굴을 파묻었다. 그것이 그녀의 대답이었다. 그녀는 격정의 물결 속에 떠다니는 자신을 주체할 수 없었다.

존슨이 그녀의 셔츠 속으로 손을 밀어 넣었다. 가슴을 더듬던 그의 손이 그녀의 브래지어 매듭을 풀었다. 멜리사는 그러한 그의 손길이 영원히 계속되었으면 하고 바랐다. 그녀는 몸을 꼬며 낮게 신음했다.

"솔직하게 말해 봐요, 멜리사."

그는 손가락으로 그녀의 턱을 치켜 올렸다.

"나는 언제나 당신을 원하고 있었소. 그런데 당신은 계속 두려워하는군. 왜 그러는 거요? 나와 사랑을 나누는 것이 그렇게 두렵소?”

날카로운 그의 시선을 견딜 수 없었다. 멜리사는 고개를 끄덕였다.

“그렇지만 존슨, 나는…….”

“당신은 나의 전처 데니스와는 달라요. 데니스는 나의 직업을 증오했었소. 생활의 안정을 가져다 주지 못하는 직업이라고. 그러나 당신이 바라는 것은 생활의 안정이 아니잖소? 당신은 다만 마음의 안정을 바라는 로맨틱한 소녀 아니오?”

“틀린 말은 아니에요. 그래요, 그리고 당신은…….”

“나는 당신에게 그런 보장을 해줄 수 없는 남자란 말이지? 나는 결국 당신의 아버지와 조금도 다름없는 도박사이기 때문에…….”

갑자기 그가 손을 거두고 뒤로 한 발짝 물러섰다. 그의 표정은 상기되어 있었다. 그는 신경질적으로 자신의 머리칼을 쓸어 넘겼다.

멜리사는 존슨의 가슴 속으로 뛰어들고 싶었다. 그리고 그와 함께 뜨거운 사랑을 나누고 싶었다. 감미로운 그의 목소리가 자꾸 재촉하는 것 같은 착각에 젖어들었다.

그러나 그녀를 붙들어 매고 있는 것이 있었다. 아버지에 대한, 도박사들에 대한 증오심이었다. 멜리사는 고개를 떨구고 마음을 가라앉히려 애썼다.

“나갔다 오겠소, 메리. 늦을지도 모르겠소. 종일 집에 틀

어박혀 있으면 몹시 심심할텐데."

그는 걸음을 떼면서 무뚝뚝하게 말했다.

"제시를 만날 거예요. 점심을 같이 하자고 해서……."

멜리사는 입술을 잘근잘근 씹으며 말했다.

멜리사는 노란 원피스의 허리띠를 졸라매고 은은한 조명이 감도는 이탈리아 식당으로 들어섰다.

오른쪽 구석에 앉아 있던 제시가 손짓을 했다. 제시는 담청색 선 드레스를 입고 있었다.

"웬 한숨이지, 멜리사? 무료의 한숨인가, 슬픔의 한숨인가?"

멜리사는 한숨을 한 번 더 내쉬고 대답했다.

"어느 것도 아니에요. 아니, 둘 다 해당되는 건지도 모르겠군요. 아마 날씨 탓일 거예요. 날씨가 너무 더워요."

"정말 그래."

제시는 손을 들어 웨이터를 불렀다. 콧수염을 기른 웨이터가 와서 주문을 받아갔다. 제시는 다시 활짝 웃었다.

"타호의 여름 생활은 잘 보내고 있니?"

멜리사는 가슴 속을 후련하게 털어놓고 싶었지만 꾹 참았다. 제시에게 존슨 로케에 관한 얘기를 하는 것이 시기 상조인 것 같았다. 이렇게 불편한 여름은 처음이에요. 멜리사는 그 말을 참기가 무척 힘들었다.

"잘 지내고 있어요."

멜리사는 말을 마치고 냅킨을 펴서 무릎에 올려 놓았다.

웨이터가 주문한 음식을 날라왔다. 햄과 멜론으로 만든 전채 요리였다. 멜리사는 아침을 들지 않았기 때문에 정신없이 음식을 먹어치웠다. 그러면서 간간이 제시를 주의 깊게 살펴보았다.

제시에게 뭔가 나쁜 일이 있는 듯했다. 얼굴이 부스스하고 갈색 눈동자도 초점을 잃고 있었다. 멜리사는 그녀가 근심스러워졌다.

"무척 우울하게 보이는군요. 무슨 일이 있었는지 말해 주세요. 그럼 나도 모든 것을 털어놓을 테니까요."

제시는 미소를 지어 보였다. 그러나 억지 미소임이 분명했다.

"글쎄, 뭐랄까……우울하다기보다는 슬픈 기분이야."

제시의 눈에 눈물이 글썽글썽했다.

"……아무래도 타호를 떠나야 할까봐. 브라이스를 단념해야만 한다는 생각이 나를 괴롭히고 있어. 나는 희망이 없어, 멜리사."

제시의 충격적인 말에 멜리사는 귀를 의심했다. 멜리사는 왜 그녀가 아버지 곁을 떠나기로 결심했는지 물어 보기가 두려웠다.

타호에 처음 오던 날 멜리사는 제시에게 이곳을 떠나라고 충고했던 것이 생각났다. 제시가 아버지를 사랑하는 것은 헌신에 가까운 것이었다. 그러나 최근 그녀의 신변에 무슨 일이 일어났음에 틀림없었다. 그렇지 않다면 왜 그녀가 스스로 떠나겠다고 결심을 하게 되었을까?

멜리사는 모기 소리만큼 작은 소리로 물었다.

"왜 그래요, 제시?"

제시는 냅킨으로 눈자위를 꾹꾹 눌렀다. 제시는 눈물만 흘릴 뿐 아무 말도 하지 않았다.

"내가 타호에 도착하던 날 아버지 곁을 떠나는 게 좋을 거라고 말했었잖아요. 그러나 그때 당신은 결코 그럴 수 없다고 강조했었어요. 그런데 이제와서 왜 마음을 바꾼 거죠?"

제시는 자세를 고쳐 앉았다.

"못 믿겠지만……. 그 여자가 내 마음을 뒤흔들어 놓았어. 나도 처음에는 브라이스의 곁을 일시적으로 스쳐가는 여자려니 하고 생각했었지. 그러나 그 여자는 그게 아니었어. 브라이스가 그녀를 대하는 태도 또한 심상치 않아. 브라이스는 첫날부터 그 여자를 집에까지 데리고 갔었어. 네가 있는데도 말이야."

"잘 알겠지만 아버지가 그 여자를 집에 데리고 온 날 나는 바로 집을 나왔어요. 그런 뻔뻔스런 바람둥이 여자를 집에서 만난다는 것은 참을 수 없는 일이었어요."

"네가 집을 나왔다구? 브라이스는 네가 잘 있다고 했어. 그래서 나는 그러려니 했지. 나는 정말 몰랐어. 그럼 어디서 묵고 있지? 호텔?"

“아뇨.”

멜리사는 마지못해 자초지종을 설명해 주었다. 얘기를 다 마치고 그녀는 제시가 무슨 설교를 할까 궁금했다. 제시는 양미간을 잔뜩 찌푸렸다.

“멜리사! 그건 정신나간 짓이야. 네가 그렇게 나오다니. 네가 존슨 로케의 집에 머무는 것은 단순한 도피에 불과해. 나는 네가 그 남자와 만나는 것을 전혀 몰랐어. 잘 알지도 못하는 남자 아니니?”

멜리사의 두 뺨이 붉게 달아올랐다.

“나는 존슨을 잘 알아요. 내가 웬디 때문에 집을 나와 그를 찾아갔을 때 그는 나를 돌려보내지 않았어요. 그 다음날도 나에게 돌아가라고 말하지 않았어요. 그래서 나는 그의 집에 주저앉은 거예요. 그는 나의 처지를 이해하는 것 같았어요.”

“오, 멜리사. 후회할 일은 하지 않는 게 좋아. 남자란 다 똑같은 거야. 너의 신변에 무슨 일이 생기지 않는다고 누가 보장할 수 있겠니?”

제시는 간곡한 어조로 충고했다.

“충분히 명심하고 있으니 걱정 말아요. 제시, 그건 그렇고 아까 하던 얘기를 계속해 봐요. 웬디 때문에 속이 상했다고 했죠? 아버지가 그 여자를 만난다는 단순한 이유 말고 또 뭔가가 있나요?”

“그래, 그것만은 아니야. 브라이스는 그 여자를 너무도 끔찍이 생각하고 있는 것 같아. 네가 집을 나왔다 해서 그 여자를 포기하지는 않을 거야. 두 사람 사이는 이미 그 정도로 심각한 관계야."

멜리사는 제시의 근심을 덜어주기 위해 위로의 말을 건넸다.

"아버지는 고집불통이에요. 마리 아줌마도 그랬어요. 아버지는 옹고집이라구요. 그렇지만 아버지가 웬디와 헤어지지 않는 한 난 절대 아버지의 뜻을 따르지 않을 거예요."

"아니야, 멜리사. 브라이스는 고집센 사람이 못 돼. 그리고 그는 결코 존슨 로케를 신용하지도 않을 거야. 존슨 로케의 정체를 아는 사람이 타호에는 아무도 없어. 아무튼 난 브라이스가 웬디를 좋아하게 된 이유를 모르겠어. 그 여자는 천박한 바람둥이인데도 브라이스는 그 점을 전혀 깨닫지 못하나 봐."

"아녜요. 아버지가 그 점을 모르진 않을 거예요. 확신할 수 있어요. 시간이 조금 더 흘러가면 아버지는 그 여자에게서 싫증을 느낄 거예요."

"나는 브라이스라는 사람을 잘 알고 있지. 그는 여자들이 귀찮게 하는 것을 가장 싫어하는 사람이야. 그런데 웬디는 그를 귀찮게 만들어도 전혀 싫어하지 않더구나. 웬디는 그의 곁에서 한 발자국도 떨어지지 않으려 하거든."

"그 여자는 아버지를 이용하고 있는 거예요. 아버지가 그 여자에게 일자리를 구해 주면 모든 게 끝날 거라구요.

그 여자가 오히려 아버지를 귀찮아 할 거예요.”

“그런데 그 여자에게 무대를 얻어 주는 것은 힘들지도
몰라. 나는 그 여자가 형편없는 가수라는 소문을 들었거
든. 그 여자도 자기 자신을 잘 알고 있을 거야. 그래서 화
려한 생활을 보장해 줄 수 있는 돈많은 남자를 잡으면 노
래고 뭐고 다 팽개칠 거야.”

제시는 머리를 흔들었다.

“무슨 뜻이죠?”

“내 말은 브라이스가 구혼하면 그녀는 기다렸다는 듯이
받아들일 거라는 거야. 브라이스는 재력 있는 남자니까 그
여자가 놓치려 하지 않을 건 뻔해. 게다가 성공한 도박사
고, 금광도 갖고 있겠다…….”

“그럴 리 없어요. 아버지는 그따위 여자에게 청혼하지
않을 거예요. 어떻게 그럴 수가 있겠어요? 아버지가 그따
위 기회주의자에게서 무엇을 얻을 수 있단 말이죠? 그 여
자는 천박한 바람둥이에 지나지 않아요.”

“너는 너무 순진해, 멜리사. 그 여자가 브라이스에게 어
떻게 구는지 너는 상상도 할 수 없을 거야. 브라이스는 그
동안 갖은 고생을 다 겪은 사람이야. 그래서 그는 그 여자
에게 보호 본능이 발동한 거야. 그녀는 지난 몇 년 동안
몹시 고생을 한 귀여운 여자거든. 그래서 결국 브라이스는
그녀와 사랑에 빠져 들게 된 것이겠지. 브라이스는 이제
안정을 추구하는 듯한 눈치야. 머지않아 그녀와 보금자리

를 꾸밀지도 몰라. 나는 여태껏 그것을 꿈꿔왔지만 이젠 희망이 사라지고 말았어.”

“당신을 버리고 그 여자를 선택할 아버지가 아니에요. 나는 아버지의 생활 방식을 좋아하지 않아요. 그러나 아버지는 어리석은 사람이 아니에요. 당신도 알잖아요?”

“내가 뭘 더 알아야 하지, 멜리사? 나는 누구보다도 브라이스를 잘 알고 있다고 생각해. 너도 알다시피 브라이스는 좀처럼 말을 하지 않는 사람이야. 그러나 나에게만큼은 그렇지가 않았어. 그래서 내가 지금까지 착각을 한 채 살아왔는지도 모르지만. 10년 전 내가 그를 처음 만났을 때부터 나는 그를 좋아했어. 내가 스물여덟 살 때였지. 브라이스처럼 위트 있고 세련된 남자는 처음이었어. 그는 다른 사람과는 잘 어울리지 않았지만 내게만은 다정하고 친절했지. 그는 정말 나를 필요로 하는 것 같았어.”

그녀의 얘기를 들으면서 멜리사는 온몸의 피가 전부 얼굴로 몰리는 것 같은 기분이 들었다. 멜리사와 존슨과의 관계 또한 제시의 경우와 크게 다르지 않았기 때문이다. 그것은 기묘한 일이었다.

멜리사는 존슨이 아버지와 똑같은 사람이라고 생각해 왔다. 무책임하고 일시적인 쾌락에 자신을 내던지는 도박사였다. 존슨은 또한 그의 과거가 베일 속에 싸인 인물이었다. 그렇지만 존슨은 멜리사에게만은 다정하게 굴었다. 그는 멜리사가 그의 존재를 신뢰해 주기를 바라고 있었다.

그리고 그는 거리낌없이 멜리사가 필요하다고 자신의 감정
을 열어 놓지 않았던가?
　그러나 현재 멜리사의 심정은 존슨에 대한 신뢰뿐이었
다. 그는 아버지와는 전혀 다른 개성의 소유자가 아닌가.
그는 사색적이고 부드러운 남자였다. 아버지와는 사뭇 다
르지 않은가. 존슨은 예리한 통찰력을 가진 진지하고 성실
해 보이는 사람이 아닌가. 게다가 그는 다정다감한 사람이
고……. 생각하면 할수록 존슨의 장점이 쏟아져 나왔다.
　"존슨도 내겐 몹시 다정하고 친절해요. 그리고 방금 나
는 그가 아버지와는 비교할 수 없는 사람이라고 생각했어
요."
　"멜리사? 너 그 남자에게 빠졌구나. 제발 정신차려 그걸
말이라고 하는 거니?"
　제시의 충고에 멜리사는 얼굴을 붉히며 시선을 아래로
떨구었다.
　"나는 아버지를 닮은 남자라면 무조건 싫어요. 존슨을
멀리 하려고 노력도 많이 했어요. 그러나 겪어보니 존슨은
아버지와는 다른 사람이었어요. 그는 다정다감한 사람이에
요."
　멜리사는 머뭇거리다가 말을 이었다.
　"내가 양의 가죽을 쓴 늑대와 놀아나는 철부지가 아닌가
하고 생각한 적도 있었어요. 그렇지만……."
　제시는 테이블 위로 손을 뻗어 멜리사의 손을 잡았다.

“뭐라고 말해야 좋을지 모르겠구나, 멜리사.”

“존슨 로케의 곁을 빨리 떠나라고 말하고 싶은 거겠죠. 그렇지 않아요? 당신은 아버지 곁을 떠나겠다고 했잖아요? 그러니 나도 당신처럼 시간 낭비를 하지 말고 단념하라고 말하고 싶겠죠.”

제시는 손을 치우며 말했다.

“나는 9년 전에 브라이스의 곁을 떠나야만 했어. 그랬으면 지금쯤 다른 남자를 만나 결혼하고 아이도 가졌을 거야. 그러나 나는 떠나지 못했어. 이젠 어린아이를 갖기에는 너무 늦은 나이야. 그래서 여기에 남아 있는지도 모르겠지만……. 사이몬은 휴가를 마치면 곧 필라델피아로 돌아갈 거야. 그동안 그 녀석도 내게 얼마나 성화를 부렸는지 몰라. 타호를 떠나 필라델피아로 함께 가자고 말이야.”

제시의 절박한 얘기에도 불구하고 멜리사는 온통 존슨에 대한 생각뿐이었다.

“존슨은 내게 소중한 사람이에요. 그런데 그는 나를 어떻게 생각하고 있는지 잘 모르겠어요. 이럴 때 난 어떻게 해야 되는 거죠?”

“도움이 되지 못해서 미안하구나, 멜리사. 나는 브라이스 앞에선 항상 멍청했었어. 10년 동안을 함께 지내오면서도 말이야. 그러니 나는…….”

제시는 갑자기 입을 다물고 식당 입구를 뚫어지게 쳐다보았다. 그녀의 안색이 하얗게 변했다.

“얘긴 다음에 계속해, 멜리사.”
제시가 고통스럽게 말했다.
멜리사도 긴장한 채 뒤를 돌아보았다.
아버지가 웬디와 함께 들어오고 있었다.
“우리 여기서 나갈까요?”
“그래.”
두 사람은 냅킨을 테이블에 올려 놓고 동시에 일어섰다.
제시가 멜리사에게 나직한 소리로 말했다.
“저 여자에겐 내가 눈의 가시처럼 보일 거야. 브라이스를 여기로 데리고 온 까닭도 그 때문일 거야. 저 여자는 내가 브라이스를 사랑한다는 것을 눈치채고 있어. 그래서 내가 타호를 떠났으면 하고 바라고 있을 거야.”
“내가 만일 당신이었다면, 이럴 땐 졸도하고 말았을 거예요.”
멜리사는 밝은 표정을 지으며 입구로 걸어나왔다. 브라이스 씨가 두 여자에게로 다가왔다. 웬디는 그의 소매를 붙잡고 따라왔다.
“제시, 멜리사! 여기서 만나다니. 우리와 함께 뭘 좀 마시지 않겠어?”
브라이스 씨가 더듬거렸다.
“너무 늦었어요. 미안해요.”
제시는 담담하게 말했다. 그리고 멜리사의 팔을 잡아당겼다.

“멜리사, 너는 어떻니? 우린 서로 이야기할 문제도 있지 않니? 마침 시간도 있고 하니 말이다.”

브라이스 씨가 멜리사에게 말했다. 미처 멜리사가 대답하기도 전에 웬디가 호들갑을 떨었다.

“오, 제발 그렇게 해요, 멜리사. 우린 그동안 못 만났었잖아요? 당신을 못 보니 서운하더군요. 당신은 그렇지 않았나요? 나는 당신이 가족처럼 느껴져요. 우린 좋은 친구가 될 수 있을 거예요.”

멜리사는 웃음짓는 그녀의 얼굴에 침이라도 뱉어 주고 싶었으나 꾹 참았다.

“나도 시간이 없어요. 마리 아줌마를 만나야 하거든요. 그럼 나중에 봐요.”

멜리사는 제시와 함께 식당을 나왔다. 제시는 카지노로 돌아가고 멜리사는 인근 슈퍼마켓 주차장을 향해 걸어갔다.

주차장에서 마리 아줌마가 잔뜩 찌푸린 얼굴로 서 있었다. 멜리사는 지프에 올라탔다. 마리는 한마디도 하지 않았다.

마리는 존슨의 집 입구에다 지프를 세웠다.

“하마터면 아줌마를 못 만날 뻔했어요. 그랬으면 꼼짝없이 걸어야만 했을 거예요.”

마리는 존슨의 집을 쳐다보았다.

“너와 브라이스 씨는 어쩜 그렇게 한통속이니. 네 아버

지는 바람둥이 여자와 놀아나고 있고, 또 너는 근본도 모
르는 도박꾼과 함께 살고 있으니 말이다. 도대체 세상이
어떻게 돌아가고 있는 건지……."
　마리 아줌마는 혼자 중얼거렸다. 그러고는 멜리사를 쏘
아봤다.
　"너는 네 행동을 반성해 봐야 해. 그렇지 않으면 돌이킬
수 없는 상처를 받을 거야. 아무튼 빨리 내려라. 아이스크
림이 녹기 전에 집에 도착해야 하니까."
　마리는 지프를 돌려 떠나갔다. 멜리사는 지프가 시야에
서 사라질 때까지 손을 흔들었다. 어머니 이상으로 멜리사
를 아껴 주는 마리 아줌마의 그늘진 얼굴이 그녀를 혼란스
럽게 만들었다.
　현관 앞에는 존슨의 자동차가 서 있었다. 벌써 그가 돌
아온 것일까?
　멜리사는 존슨을 대한다는 것이 조금 두려웠다. 존슨은
그녀의 생각과 행동을 뒤죽박죽으로 만들 수 있는 힘을 가
진 남자였기 때문이었다.
　그녀는 초인종을 누르지 않기로 했다. 지갑에서 존슨이
준 열쇠를 꺼내 문을 열었다.
　서늘한 기운이 감도는 거실은 어두컴컴했다. 그러나 불
을 켤 정도로 어둡지는 않았다.
　그때 아래층 큰방에서 여자의 웃음 소리가 들려왔다. 그
웃음에는 존슨의 감미로운 목소리도 섞여 있었다.

멜리사는 그 방의 열린 문 앞으로 갔다. 쥬리가 와 있었다. 그녀가 존슨의 어깨를 한손으로 감싸 안고 있는 모습을 더 이상 지켜볼 수 없었다. 멜리사는 유치하다는 생각이 들어서 얼른 걸음을 옮겼다.

"당신의 귀여운 식객이 들어오셨군요, 존슨!"

어느새 쥬리가 멜리사를 발견한 모양이었다. 쥬리가 크게 떠들었다.

"멜리사! 이리 와요, 방해가 되지 않으니까요. 우리 함께 어울려요. 존슨도 좋아할 거예요."

쥬리의 목소리가 멜리사의 귓전에 메아리쳤다. 멜리사는 나쁜 일을 하다가 들킨 사람처럼 당황한 표정으로 두 사람을 다시 쳐다보았다.

존슨의 표정은 딱딱하게 굳어 있었다. 쥬리가 존슨의 뺨을 손으로 쓰다듬었다. 그러자 존슨은 미소를 지으며 쥬리에게 고개를 돌렸다.

멜리사는 아무래도 그 자리를 피해야 할 것 같았다. 옷을 갈아입어야 하겠다고 얘기한 후 그녀는 계단으로 향했다. 두 사람의 속삭임이 더욱 분명하게 들려왔다. 쥬리가 드라이브를 하자고 제안하는 것 같았다.

존슨은 자정이 될 때까지도 돌아오지 않았다. 멜리사는 동이 훤히 틀 때까지 엎치락뒷치락하다가 이윽고 지쳐서 잠이 들었다.

초인종 울리는 소리에 멜리사는 잠이 깼다. 그녀는 급히 옷을 찾아 입고 아래층으로 내려갔다.

존슨이 밖에 서 있었다. 쥬리와 함께 외출했던 옷차림 그대로였다.

멜리사는 가슴이 찢어지는 것처럼 아팠다. 그는 어젯밤을 쥬리와 함께 보낸 것이 분명했다. 멜리사는 냉정을 되찾으려 애쓰며 간신히 미소를 지을 수 있었다.

제시의 심정을 이해할 수 있을 것 같았다. 어울리지 않는 남자와 사랑에 빠진다는 것이 인생에 있어서 얼마나 큰 낭비인가를.

사랑스런 멜리사

보슬비가 오는 아침이었다. 비가 오고 있었지만 날씨는 몹시 후덥지근했다.

멜리사는 샤워를 끝낸 후 가장 시원한 옷을 골랐다. 면으로 만든 반바지와 빛이 바랜 셔츠를 입고 거울 앞에 섰다. 그녀는 머리를 틀어올리고 핀을 꽂았다. 그리고 신고 있던 샌들을 벗고 맨발로 계단을 내려왔다.

존슨은 열심히 타이프라이터를 두들기고 있었다. 그는 어제도 온종일 그랬었다.

멜리사는 존슨의 뒷모습을 쳐다보았다. 도대체 뭘 하고

있는 걸까? 그녀는 양미간을 찌푸리며 열심히 생각해 보았다. 타이프라이터를 두드리는 그의 모습은 멜리사의 호기심을 자극하기에 충분했다. 그녀는 문득 언젠가도 그가 타이프라이터 앞에 앉아 있었던 것을 기억해 냈다.

그가 뭘 하고 있는지 알고 싶었지만 그에게 다가가서 물어 볼 수가 없었다. 멜리사는 그가 수요일 밤을 쥬리와 함께 보낸 이후 줄곧 의식적으로 그를 피해 왔었다. 그 역시 그녀의 태도를 알고 있는 듯 타이프라이터만 두들길 뿐 말을 걸어오지 않았다.

멜리사는 그들 사이의 팽팽한 긴장감이 견딜 수 없을 정도로 불편했다. 존슨이 어떤 행동을 하든 그를 사랑하고 있다는 사실을 부정할 수 없었기 때문이었다. 그러나 멜리사는 그런 감정을 감추려고 노력했다. 그것은 지독한 갈등이 아닐 수 없었다. 그런 가운데 타이프라이터의 끊임없는 소음은 그녀의 호기심을 여간 자극하는 것이 아니었다.

멜리사는 막연히 짜증을 내며 나바조 양탄자 위를 서성거렸다. 그녀는 무거운 한숨을 내쉬었다.

존슨이 그녀의 존재를 느끼고 고개를 돌렸다.

"이제 일어났소?"

"네, 그래요."

그의 목덜미를 덮고 있는 모래빛 머리칼은 물기에 젖어 있었다. 멜리사는 그의 머리를 쓰다듬고 싶은 강렬한 충동을 느꼈다. 그러나 그럴 용기가 없다는 것은 본인 스스로 잘 알고 있었다.

멜리사는 얼른 고개를 돌렸다. 천장까지 올라간 서가로 시선을 옮기고 읽어 볼 만한 책이 없는지 책 제목을 훑어 보았다. 그렇지만 어느 책도 선뜻 눈에 들어오지 않았다. 그녀는 터져 나오는 하품을 손으로 가렸다. 그러고는 나른한 기운을 한꺼번에 내몰아 버리려는 듯 두 손을 위로 올리고 기지개를 켰다.

우스꽝스러운 그녀의 게으른 동작을 지켜본 존슨이 입가에 야릇한 미소를 떠올렸다. 그의 시선이 그녀의 위아래를 훑었다.

멜리사의 온몸이 그 자리에 얼어붙는 듯했다. 좀전의 나른함은 순식간에 달아나고 없었다. 그녀는 정체를 알 수 없는 위기감을 느꼈다.

그녀는 얼굴을 새빨갛게 붉히고 두 손을 내렸다.

"무엇을 하고 있는 거죠?"

존슨의 강렬한 시선을 피하면서 그녀가 말했다. 그녀는 어색함을 감추고 몇 걸음 그에게로 다가갔다.

멜리사는 능청을 떨면서 그에게 물었다.

"뭘 하시는 거죠? 포커 게임의 계획을 타이핑하고 있나요?"

"그런 것과 비슷한 거요."

존슨은 그녀에게서 시선을 떼지 않은 채 중얼거렸다. 그는 회전의자를 멜리사 쪽으로 돌리고 상체를 뒤로 젖혔다.

“오늘도 비가 오는군. 당신은 뭘 할 거요?”

멜리사는 두 손을 깍지끼고 어깨를 으쓱했다.

“글쎄요. 특별한 일은 없어요. 무엇을 해야 한다는 그런 생각을 해보지도 않았구요.”

“사람들에겐 그럴 때가 종종 있지.”

그는 무표정하게 말했다.

“그러나 당신은 그런 때에 어디론가 가서 도박을 즐길 수 있잖아요? 무료한 기분이 들면 말예요.”

멜리사가 말했다. 그녀는 그의 눈빛이 달라지는 것을 미처 깨닫지 못했다.

“물론이오. 그러나 당신의 권태는 그런 식으로 치료되지 않겠지. 당신의 불만이란 항상 내부에서 초래되는 것이지 외부적인 요인 때문에 비롯된 것이 아니지 않소? 내 말이 틀렸소? 당신은 도박꾼들이란 모두 경박하그, 도박 외에는 아무것도 아는 게 없다고 생각하고 있는 사람이오.”

그는 냉소를 띠고 말했다.

멜리사는 고개를 가로저었다.

“아니에요. 그런 생각은 하지 않았어요.”

“아니오, 분명 그렇게 생각했을 거요.”

그는 잘라 말하고 의자를 다시 돌렸다. 그러고는 아무 일도 없었다는 듯이 타이프라이터를 두들겨 대기 시작했다.

멜리사는 가슴이 답답해져 옴을 느꼈다. 그의 신경을 건드릴 생각은 조금도 없었던 것이다.

그녀는 지난 이틀간의 냉전을 해소하고 싶었다. 이대로 냉전이 지속되면 두 사람의 사이가 불편해질 뿐 도움되는 것은 아무것도 없을 것 같았다.

그녀는 용기를 내서 그가 앉은 책상 옆으로 다가갔다.

"나도 타이프를 잘 쳐요. 내가 좀 도와드릴까요?"

"필요없소."

그는 무뚝뚝하게 거절했다.

머쓱해진 멜리사는 조지아가 웅크리고 있는 쪽으로 걸음을 옮겼다.

조지아의 목덜미를 그녀가 쓰다듬었지만 개는 눈만 멀뚱멀뚱 뜬 채 움직이려 하지 않았다.

"비가 오니 너도 나른한 모양이구나."

그녀는 중얼거리면서 무릎을 일으켜 세웠다. 그러고는 김이 서려 뿌옇게 흐려진 창문으로 다가갔다.

나무들은 축축이 젖어 있었다. 빗물을 머금은 나뭇잎은 한층 더 푸르게 보였다. 이따금씩 바람이 불어오면 빗방울이 후두둑 나무에서 떨어졌다.

멜리사는 유리창을 손으로 닦으며 말했다.

"언제쯤이나 날씨가 갤까요? 태양을 못 본 지도 며칠이 됐군요."

그녀는 말을 마치고 슬그머니 그에게로 시선을 옮겼다.

"일기 예보를 듣지 않았소?"

존슨은 타이프라이터를 계속 두드리며 시큰둥하게 대꾸했다.

멜리사는 다시 조지아에게로 다가갔다. 그녀는 개의 까만 콧등을 발가락으로 살짝 건드려 보았다. 그러나 조지아는 끄덕도 하지 않았다.

그녀는 한숨을 길게 내쉬었다. 그 한숨 소리를 존슨도 들었음이 분명했지만 그는 아무런 반응도 보이지 않고 묵묵히 타이프라이터만 두드렸다.

그가 잠시 타이프라이터에서 손을 떼고 두 손으로 뒷머리를 받쳤다. 그의 어깨 근육이 불거져 나왔다. 누가 봐도 매력이 넘치는 그의 상체였다.

멜리사는 그의 어깨에 매달리고 싶은 충동을 느꼈다. 이 얼마나 모순된 감정인가? 존슨은 결코 그녀가 원하던 남성상이 아니었다. 그러나 현재 그녀의 마음은 온통 존슨에 대한 갈망으로 가득 차 있었다. 그녀로서는 주체하기 힘든 엇갈린 욕망이 아닐 수 없었다.

멜리사는 고개를 몇 번 좌우로 가로저었다.

"커피 드시겠어요? 내가 끓여 오겠어요."

무료함을 메우기 위한 그녀의 제안이었다.

"고맙지만 사양하겠소. 아침에 이미 석 잔이나 마셨소. 더 이상 마시고 싶은 생각이 없소."

그는 다시 타이프라이터에 매달렸다. 그의 목소리에는 짜증이 섞여 있었다.

멜리사는 그의 옆으로 바짝 다가갔다. 그녀는 발목을 교차한 자세로 서서 팔짱을 끼었다.

"무엇 때문에 커피를 석 잔이나 마셔야 했죠? 어제도 늦게까지 집에 들어오지 않았잖아요?"

그는 오타를 낸 모양이었다. 투덜거리며 타이프라이터에서 손을 떼고 그녀를 올려다보았다.

"나를 심문하고 있소? 내가 대학의 신입생처럼 당신에게 나의 행동을 낱낱이 보고해야 한단 말이오?"

존슨이 화를 내며 말했다. 그의 기세에 눌린 멜리사는 입술만 깨물 뿐이었다. 그를 마주 바라보는 것이 몹시 힘들었다.

무엇 때문에 그가 발끈했을까? 중요한 일을 하고 있었던 것일까? 그게 아니면 어떤 이유로 잔뜩 화가 나 있는 것일까? 그렇다면 그 이유는 무엇일까? 그녀가 여기 와 있기 때문일까?

멜리사는 갈피를 잡을 수 없었다.

"당신의 행동을 감시하겠다는 것이 아니에요. 꼭 무슨 이유가 있어서 그런 말을 한 것이 아니라……."

그녀는 말꼬리를 흐렸다가 재빨리 말머리를 돌렸다.

"아무튼 커피를 그렇게 많이 드셨으니 차가운 레몬 주스는 어때요?"

"그것도 생각없소. 지금은 아무것도 마시고 싶지 않소. 그런 것보다는 오히려 알코올이 섞인 것이라면 좋겠소."

　"겨우 아침 10시밖에 되지 않았는데요? 당신은 술을 좋아하지 않는 편이잖아요? 그런데 아침부터 술 생각이 난단 말인가요?"
　"왜 술 생각이 나느냐고?"
　존슨은 조롱기 섞인 목소리로 반문했다.
　"이봐요, 메리. 당신은 어떤 남자라도 꼭두새벽부터 술 생각이 나게 만드는 여자라구."
　"내가요? 무슨 말인지 도무지 이해할 수 없군요. 왜 나 때문에 남자들이 술을 마시고 싶어한단 말인가요?"
　멜리사가 큰소리로 대들자 그도 자리에서 일어났다. 그는 가늘게 눈을 내리깔고 그녀를 바라보았다. 그의 눈동자 속에는 불길이 번뜩이고 있었다.
　갑자기 그는 그녀의 볼을 가볍게 꼬집었다. 뜻밖의 기습에 멜리사는 균형을 잃고 휘청거렸다.
　존슨이 싱글거리며 말했다.
　"지금 당신은 귀여운 소녀처럼 보인단 말이야. 알코올이 없어도 당신은 한 남자를 취하게 만들어. 나는 지금 마음을 진정시킬 수 있는 술이 필요하단 말이오. 왜냐하면 당신의 그 짧은 반바지와 아른거리는 티셔츠는 알코올 이상으로 도수가 높은 것이거든. 당신이 그런 옷을 입고 내 눈 앞에서 어른대니 내가 어떻게 일에 몰두할 수 있겠소? 지금 내 기분을 모르겠다는 거요? 밖에는 보슬비가 내리는군. 이 조용한 아침에 나는 타이프라이터고 뭐고 다 집어

치우고 당신과 소꿉장난을 하고 싶소. 술보다 더 좋은 그런 것을……."

탐욕스러운 존슨의 눈길에 그녀는 몸둘 바를 몰랐다. 멜리사는 더듬거리며 입을 열었다.

"나는…… 존슨, 나는……."

"자신을 잘 살펴봐요. 당신은 아직 자신이 성숙한 여자라는 것을 모르고 있는 것 같소. 어린아이처럼 순진하기만 하다고 생각하는 당신이 내게 어떤 영향을 미치고 있는지 당신은 모르고 있어요. 그렇지 않소?"

"나는 순진하지 못해요. 어린아이도 아닐 뿐더러."

"말만 그렇게 하지 말고 어린아이가 아니라는 것을 증명할 수 있겠소?"

멜리사는 바짝 약이 올라 몸을 바르르 떨었다. 그러나 그는 능청맞게 뒷머리를 긁적이며 다시 자리에 가서 앉았다.

"그렇게 섰지만 말고 앉아요, 메리. 나는 일을 해야 하오. 그래야만 집을 뛰쳐나온 여자를 먹여 살릴 수 있을 것 아니오."

"알았어요."

그녀는 소파에 가서 앉았다. 그가 계속 쳐다보자 멜리사도 도전하듯 쏘아보았다. 그는 어깨를 한 번 으쓱하고 돌아앉았다.

두 사람 사이에는 도덕이라는 견고한 장벽이 가로놓여

있었다. 지금 그녀의 내부에서는 그 장벽을 뛰어넘고 싶은 충동이 강하게 일고 있었다. 왜 그와 깊은 관계를 맺는 것을 망설이고 있단 말인가? 사랑하는 사람과 몸을 섞는다는 것이 무엇이 문제란 말인가? 순결을 지킨다는 것이 누구를 위한 일이란 말인가?

멜리사는 자신의 처지가 원망스러웠다. 영원한 약속을 해줄 수 없는 남자와는 육체 관계를 맺지 말아야 한다는 생각이 앞섰기 때문이다. 그러나 존슨은 지금은 사랑하는 남자이지만 장래를 기약할 수 없는 도박사가 아닌가? 그녀는 도대체 어떻게 해야 할지 알 수가 없었다.

멜리사는 조지아에게 심술을 부렸다. 조지아는 곯아떨어져 있었다. 그녀는 옆으로 누워 자는 조지아의 발을 흔들었다.

"이렇게 잠이 많은 개가 어디 있담."

그래도 조지아는 반응이 없었다. 멜리사는 개의 다리를 팽개치고 일어섰다.

그녀는 책장으로 가서 두꺼운 책을 꺼냈다. 네바다 주의 관광명소를 소개하는 책자였다. 그녀는 그 책을 넘기다가 마룻바닥에 떨어뜨리고 말았다. 쾅 하는 소리가 방 안을 울렸다. 조지아가 컹컹 짖어댔다.

"아, 재수없는 아침이야."

그녀는 책을 주워들면서 존슨의 눈치를 보았다. 존슨이 날카로운 시선으로 쏘아보고 있었다. 그의 따가운 시선에 멜리사는 온몸 구석구석이 짜릿했다.

"당신은 너무 매력적이야."

그가 성큼 다가와서 그녀의 손목을 잡아당겼다.

존슨은 그녀를 이끌고 의자로 가서 무릎에 앉혔다. 그의 손이 그녀의 목덜미로 올라왔다. 멜리사는 호흡을 제대로 하지 못할 정도로 당황하고 있었다.

멜리사는 상의 옷깃을 꼭 붙잡고 그의 거침없는 손길에 대비했다. 그는 뜨거운 눈길로 그녀를 바라보았다.

"메리, 당신은 지금 나를 원하고 있소. 아니면 나를 원하지 않고 있소?"

그가 말을 마치고 그녀의 볼에 키스를 했다.

멜리사는 그렇다고 대답하고 싶었다. 그러나 마음만 간절했지 차마 입이 떨어지지 않았다. 그녀는 고개를 가로저었다.

"그럴 줄 알았소. 역시 예상한 대로군."

존슨이 볼을 씰룩거리며 실망한 표정을 지었다. 그는 거칠게 그녀를 일으켜 세운 후 밀쳐냈다.

"그렇다면 조용히 앉아 있어요, 메리. 나를 자극시키는 행동은 하지 말고. 책을 읽든지 개하고 놀든지. 제발 나의 신경을 건드리지 않았으면 좋겠소."

멜리사의 뺨이 주홍빛으로 물들었다.

"미안해요, 존슨."

존슨이 못마땅한 표정으로 등을 돌리며 말했다.

"소파에 가서 앉아요, 메리."

그녀는 다시 소파로 돌아왔다. 그리고 말없이 그의 뒷모습을 노려보았다.

10여 분이 지난 후에 그가 타이프라이터에서 손을 떼었다. 멜리사는 자리를 박차고 일어섰다.

"당신은 내가 여기 머무르는 것을 몹시 싫어하는가봐요. 그동안 신경 쓰이게 해서 미안해요. 당신은 내가 빨리 떠났으면 하고 바라고 있죠? 이제 여기를 떠나겠어요. 호텔로 가서 지내겠어요."

존슨은 어이가 없다는 듯 그녀를 빤히 쳐다보았다.

"나는 그런 내색을 한 적이 없지 않소? 마치 내가 내쫓으려 한 것처럼 말하는군. 이보라구, 메리. 당신이 귀찮으면 벌써 내가 나가라고 말했을 거요. 그러니 당신 멋대로 속단하지 말아요. 제발 일이나 방해하지 말았으면 좋겠소."

"당신이 오늘 아침 저기압 상태임은 분명해요. 날씨 탓만은 아닌 것 같아요. 좀 나갔다 오겠어요. 내가 돌아올 때쯤에는 당신의 기분이 좀 나아졌으면 좋겠어요."

"레인코트를 입고 나가도록 해요, 메리. 당신이 돌아올 때쯤에는 내가 없을지도 모르겠소. 오늘 오후 큰판이 벌어지거든. 나는 그 게임을 놓치고 싶지 않소."

현관으로 걸어나가는 그녀에게 그가 소리쳤다.

"알았어요."

멜리사는 돌아서서 옷걸이에 걸린 푸른 레인코트와 비닐 모자를 챙겼다.

"나 때문에 서두르진 말아요. 여기서 잘 지내고 있을테니까요."

"그 말을 들으니 기쁘군. 어쩌면 나는 내일까지 당신을 못보게 될 것 같소. 좋은 산책이 되길 바라오."

그의 목소리는 조금 밝아져 있었다.

멜리사는 그가 또 뭔가 말을 할까봐 재빨리 문을 닫고 밖으로 나왔다.

그녀는 보슬비를 맞으며 숲속 사잇길을 걸었다. 어디를 가겠다고 정해 놓고 외출한 것이 아니었으므로 발걸음이 무거웠다.

갑자기 마리 아줌마가 보고 싶어졌다. 마리 아줌마라면 그녀의 이야기 상대가 되고도 남을 것이다. 마리 아줌마에게서 위안을 받으면 답답한 마음이 조금이나마 후련해질 것 같은 기분이 들었다.

사랑하기 때문에

 **멜**리사는 부글부글 끓는 냄비 뚜껑을 열어 보고 군침을 삼켰다.

"언제쯤 토마토 소스를 맛있게 만드는 비법을 내게 가르쳐 줄 건가요? 기억하고 계세요? 내가 크면 그 비법을 가르쳐 주겠다고 한 말 말예요."

마리는 쇠고기와 라이스, 양파가 알맞게 버무려진 냄비에 후춧가루를 치며 대답했다.

"물론 가르쳐 주고말고. 하지만 네가 결혼하기 전에는 내 비법을 알려 주지 않을 거야."

"아줌마는 아직도 나를 어린애로 취급하고 있군요."

멜리사는 입을 삐쭉거렸다.

"만약 내가 결혼하지 못하면요? 서른 살이 돼도 그 요리의 비법을 전수받지 못하겠군요. 서른다섯, 마흔 살이 돼도요? 아주머니는 내가 결혼을 해야만 성인 취급을 할 셈인가요?"

마리가 킥킥대며 웃었다.

"누가 결혼하지 말랬니? 네가 결혼을 안 하면 누가 한단 말이니? 너는 때가 되면 꼭 결혼할 거야. 너는 예쁘기 때문에 어떤 남자라도 너에게 홀딱 반할 거야."

"나는 그런 걸 바라지 않아요. 이 세상 남자들이란 모두 골치 아픈 존재들이에요."

마리는 미심쩍은 표정으로 멜리사를 바라보았다.

"너 오늘 아침 무슨 일이 있었구나. 그렇지 않니?"

마리는 흰 앞치마에 손을 닦으며 식탁으로 왔다.

"네가 집에 들어오는 순간 나는 무슨 일이 있었구나 하고 짐작했단다. 너의 뺨에 그렇게 씌어 있는걸."

"레인코트를 뒤집어쓰고 너무 바쁘게 걸어와서 그래요. 얼굴이 빨개진 것은 날씨가 너무 후덥지근해서 그랬을테고. 걸어오는 동안 숨이 콱콱 막히더군요."

"나를 속이겠다는 거냐, 멜리사? 나는 네가 걸음마를 할 때부터 함께 살아왔어. 너에 대해선 박사라구. 나는 네 표정을 한 번 쓱 보면 네 마음을 읽어 낼 수 있어. 대체 무슨

일이 있었던 거니, 멜리사? 그 도박꾼과 다투었니? 그 사
람이 네게 덤벼들던?"

멜리사는 미소를 지으며 태연하게 말했다.

"아뇨. 그는 그럴 사람이 아니에요. 그는 오늘 무척 바
쁜 것 같았어요. 그래서 혼자 일에 열중할 수 있도록 내가
자리를 피한 것뿐이에요."

"어찌 됐든 너는 그 집에서 당장 나와야 해. 너같은 젊
은 처녀가 낯선 홀아비하고 한집에 산다는 것은 말도 안
돼. 너 그 남자에게 흠뻑 빠진 모양이구나?"

멜리사가 뭐라고 말을 하기도 전에 마리는 손을 들어 제
지했다.

"그 남자에게 어떤 감정도 갖고 있지 않다고 말할 필요
는 없다. 내가 여태껏 세상을 헛살아 온 것은 아니니까. 나
는 누구든 척 보면 알 수 있어."

"아줌마는 점쟁이로 직업을 바꿔도 굶어 죽지는 않을 거
예요."

멜리사는 마리의 팔에 매달리는 시늉을 하며 어리광을
부렸다.

"아줌마 얘기가 다 맞아요. 멍청한 것은 나니까요. 나는
존슨에게 홀딱 반했어요. 그러나 그는 그렇지 않은가봐
요."

"네 잘못을 스스로 인정하는 걸 보니 너도 다 컸구나.
아무튼 너는 집으로 돌아와야 해. 여자란 사랑에 빠지면

쉽게 이성을 잃고 말아. 존슨과 함께 앞으로 어쩌겠다고 집을 나간 거니? 이제 고집 그만 부리고 집으로 돌아오도록 해라, 멜리사."

마리의 완강한 주장에도 불구하고 멜리사는 고집을 꺾으려 하지 않았다.

"지금은 그럴 수 없어요. 아버지가 이성을 되찾으면 그땐 돌아오겠어요. 그전엔 결코 안 돼요. 아버지는……."

멜리사의 얘기는 현관문이 요란하게 닫히는 소리에 의해 중단되었다.

마리가 뚱뚱한 몸을 의자에서 일으켰다.

"너의 아버지가 돌아오셨나? 1시간 전에 외출한 분이."

마리는 스토브에서 끓고 있는 냄비를 내려놓았다.

"네가 한번 나가 봐라. 나는 이 소스를 옮겨 담아야겠다."

"여기 웬디도 있나요? 난 그 여자와 마주치기는 싫어요."

멜리사는 콧등을 찌푸렸다.

"아직 꼴을 못 봤어. 아마 늦잠을 자고 있겠지. 어서 가서 브라이스 씨가 돌아왔는지 살펴봐라. 뭘 잊고 다시 온 모양이지."

마리의 퉁명스러운 명령이었다. 멜리사는 내키지 않았지만 거실로 나왔다. 그녀는 웬디가 사라지기 전까지는 아버지와 얘기를 나누고 싶은 마음이 조금도 없었다. 그녀는 거실 입구에서 호흡을 가다듬었다.

브라이스 씨는 벽장에서 술병을 꺼내 컵에 따르고 있었다.

"아버지가 뭘 잊고 다시 왔는지 마리 아줌마가 알아보라는군요."

그녀의 아버지가 천천히 고개를 들었다. 수심에 찬 얼굴이었다. 안색도 눈에 띌 정도로 창백해 보였다.

멜리사는 아버지가 풀이 죽은 까닭이 몹시 궁금해졌다. 그녀는 아버지에게로 다가갔다.

"어디 편찮으세요? 얼굴이 창백해 보이는군요."

"아니, 괜찮다."

그는 짧게 대답하고 갈색 가죽의자에 풀쎈 주저앉았다.

"이제 정신을 차리고 집으로 돌아온 거냐?"

"분명히 말씀드렸었잖아요. 아버지가⋯⋯."

"알았다, 알았어. 네가 무슨 말을 하려는지 알겠어."

그는 멜리사의 말을 가로막았다. 그의 손에 들린 노란 액체가 출렁거렸다.

"나는 딸의 협박을 받아들일 수 없어. 나는 내 방법대로 살아가고 있단 말이다. 스물한 살 짜리가 제 아비더러 이렇게 저렇게 살아야 한다고 간섭하겠다는 거냐?"

"좋아요. 그럼 내게도 참견 마셔야 해요. 나는 법적으로 한 사람의 성인이란 말이에요."

"너는 어리석은 짓을 하고 있는 거야. 네 인생을 망치고 싶지 않다면 내게로 돌아와야 해."

그는 자리에서 일어나며 버럭 화를 냈다.

"내가요? 내가 인생을 망치고 있다구요? 그럼 아버지는 어때요? 왜 제시처럼 훌륭한 여자는 놔 두고 웬디와 어울리는 거죠?"

"너는 오해를 하고 있어. 너는 제시와 나의 관계를 잘못 생각하고 있어. 그리고 오늘 아침에야 알았다. 제시는 이 도시를 떠났어."

"그녀가 떠났다고요?"

제시가 아버지의 곁을 떠나겠다고 말하긴 했지만 이렇게 빨리 떠났다는 것은 뜻밖이었다.

"언제죠?"

"어젯밤에 떠난 것 같더구나."

브라이스 씨는 넥타이를 느슨하게 풀었다. 그러고는 술을 한 모금 마셨다.

"나와는 한마디 상의도 없이 떠났다는 것은 지각없는 행동이었어. 쪽지 하나를 내 책상에 남겼더군. 지금이야말로 떠날 때라고 말이야. 이해할 수 없는 행동이야."

"나는 이해할 수 있어요. 제시가 떠나겠다고 말했지만
……."

"너에게 미리 말했다는 거냐? 그런데 왜 나한테는 말하지 않았을까? 10년 동안이나 나를 위해 일했으면서 그럴 수 있단 말이냐?"

"아버지는 제시가 고용인에 불과하다고 여겼으니까 그랬겠죠."

브라이스 씨는 손을 크게 내저었다.

"나는 그녀의 고용주이기도 했지만 우리는 친구같이 지냈어."

"겨우 친구였을 뿐인가요? 아버지는 그녀의 사랑을 눈치채지 못했단 말인가요? 10여 년 전부터 두 분은 몹시 가까운 사이였다면서요?"

브라이스 씨의 눈이 휘둥그래졌다.

"네가 그것을 어떻게 알지?"

"마리 아주머니한테서 들었어요. 제시는 아버지를 사랑했어요. 10년 동안이나 변함없이……."

"그건 마리의 추측일 뿐이야. 제시와 나의 관계는 이미 오래 전에 끝난 일이야."

브라이스 씨는 주먹을 불끈 쥐었다.

"아버지는 그럴지 몰라도 그녀는 그렇지 않았어요. 그녀는 지금도 아버지를 사랑하고 있을 거예요.'

브라이스 씨는 너털웃음을 웃었다.

"그것 참 우스꽝스러운 일이군. 사랑하기 때문에 이런 식으로 훌쩍 떠나간다는 거냐?"

멜리사는 아버지가 지나치게 이기적이라고 생각했다.

"그녀가 떠나서 마음이 언짢으시단 말인가요? 왜 그녀가 이 도시에 머물러 있어야 된다는 거죠? 매일 아버지의 여성편력이나 구경하고 있으라구요? 제시는 더 이상 참을 수 없었던 거예요. 웬디가 나타나서 마침내 그녀의 울화통을 터뜨린 거죠. 물론 아버지는 상관도 없는 일이겠죠. 아버지는 그녀를 사랑하지 않았으니까요.”

“너는 나를 나쁘게만 생각하고 있구나. 내가 그렇게 몰인정한 사람으로 보이느냐? 내가 제시를 사랑하지 않는다고 속단하는 까닭이라도 있느냐? 나는…….”

그의 표정이 갑자기 무뚝뚝하게 변했다. 말을 시작할 때는 몹시 유감스럽다는 듯한 표정을 짓고 있었지만.

멜리사는 아버지의 시선을 따라 고개를 돌렸다가 이마를 찌푸렸다.

웬디가 방 안으로 들어오고 있었다.

“멜리사! 다시 만나서 반가워요.”

웬디는 멜리사의 어깨를 한 번 툭 치고 브라이스 씨가 앉은 의자의 팔걸이에 걸터앉았다. 웬디는 브라이스 씨에게 키스를 하고 그의 목을 끌어안았다.

“나와 브라이스는 당신이 돌아오기를 얼마나 고대했었다구요.”

웬디는 나머지 한손으로 젖은 머리칼을 치켜 올리며 활짝 웃었다. 그녀의 눈동자는 교활하게 빛나고 있었다.

“당신이 집을 나간 이유를 알고 난 뒤 무척 놀랐어요. 우리 둘이 여기서 지내는 데 방해가 될까봐 나갔다구요? 그러나 그건 잘못 생각한 거예요. 그렇지 않아요, 브라이

스? 우리는 당신이 여기 머물기를 바라고 있어요. 진정이
에요, 멜리사. 우리는 서로 노력하면 좋은 가족이 될 거예
요.”
　뻔뻔스러운 웬디의 논리에 멜리사는 아연실색했다. 멜리
사는 마치 계모나 되는 양 떠들어 대는 웬디와 1분도 같이
있고 싶지 않았다.
　“나는 가야겠어요. 인연이 닿는다면 다시 보게 되겠죠.”
　멜리사는 두 손을 바지 주머니에 찌르고 문을 향해 걸음
을 옮겼다.
　“내가 태워다 주마. 기다려라, 멜리사. 비가 너무 많이
와서 걸어가기 어려울 게다.”
　멜리사는 문 손잡이를 잡고 멈칫했다.
　“그럴 필요 없어요. 걸어가도 호수에 빠지지는 않을 거
예요. 레인코트와 모자도 있는 걸요.”
　브라이스 씨가 웬디의 팔을 풀고 자리에서 일어났다.
　“그렇지만 장화는 없지 않니? 흙탕물에 빠지며 걸어가
게 할 수는 없다. 내가 바쁘지 않으니 태워다 주마.”
　“아니에요, 아버지…….”
　브라이스 씨가 그녀에게 다가와 명령조로 말했다.
　“태워다 주겠다니까. 어서 레인코트나 챙겨라.”
　“그렇지만 브라이스, 나는 혼자 있으라구요?”
　웬디가 울상을 지으며 말했다.
　“쇼핑이나 하지 그래.”

　브라이스 씨는 지갑을 꺼내 지폐를 몇 장 집히는 대로 뽑아 웬디에게 건넸다.

　"나는 오늘 밤 집에 못 들어올 것 같소. 나와 저녁 식사를 함께 하고 싶으면 시간 맞춰서 카지노로 와요. 나는 제시를 대신할 비서를 급히 구해야만 하거든."

　"왜요? 제시가 그만두었나요?"

　웬디가 흥분한 표정을 감추며 말했다. 그녀는 승리감에 도취된 운동선수처럼 들떠 있었다. 그러나 그녀는 시치미를 뚝떼고 말을 이었다.

　"정말 안됐어요. 그녀는 믿을 만한 비서로 보였는데. 그녀처럼 유능한 비서를 구할 수 있으면 좋겠어요."

　멜리사는 속이 뒤집히는 것을 간신히 참았다. 그녀는 거실을 황급히 나와 마리 아주머니에게 작별 인사를 했다.

　아버지는 차의 시동을 걸어 놓고 딸이 나오기를 기다리고 있었다.

　멜리사가 차에 올라타자 그는 말없이 차를 몰았다. 멜리사 역시 아무 할 말도 없었다. 서로의 행동이 어리석은 것이라고 여기고 있는 부녀간이기 때문이었다.

　멜리사는 자신도 모르게 흘러내리는 눈물을 닦으며 차창만을 응시했다.

　차가 어느덧 존슨의 집 앞에 멈추었다.

　"고마워요, 아버지."

　그녀는 모기 소리만큼 작게 말하고 차의 문을 열었다.

아버지가 멜리사의 왼팔을 붙잡았다. 그의 표정도 몹시 어두웠다.

"나는 네가 저 집에 머무르는 것을 탐탁하게 생각하지 않는다. 고집은 그만 부리고 나와 함께 집으로 돌아가지 않겠느냐? 너는 웬디에게 너무 부정적이더구나."

멜리사는 아버지를 향해 고개를 홱 돌리며 팔을 빼냈다.

"어쨌든 나는 웬디가 생리적으로 싫어요. 나는 그런 여자와 한 지붕 밑에서 살 수 없어요. 아까 그녀가 마치 나의 계모나 되는 것처럼 구는 꼴을 보셨잖아요? 그리고 ……."

"그건 지나친 말이다. 나는 전혀 그렇게 생각하지 않았어."

"그 여자도 그렇게 생각할까요? 아버지는 왜 그 여자 앞에서 쩔쩔맸죠? 그 여자에게 제 생각을 분명히 전해 주세요. 아니, 그보다는 그 여자를 만나지 않으면 되잖아요? 그럼 당장 돌아가겠어요. 아버지가 나의 행복을 원한다면 말이에요. 그리고 제시를 쫓아가서 이곳으로 데려오세요. 1백만 명의 웬디보다도 제시가 아버지에겐 훨씬 가치 있는 여자라는 것을 아셔야 해요."

"너는 나를 마치 바보처럼 취급하는구나……. 제시가 내 곁을 떠난 것은 잘된 일인지도 모르지. 사실 그녀는 오래 전에 떠나야 했어. 나는 그녀에게 적당하지 못한 사람이야."

　브라이스 씨는 신음처럼 중얼거렸다. 그는 씁쓸한 미소를 지으며 자탄을 하고 있었다.
　"무슨 말씀이세요?"
　"나는 좋은 남편감이 못 된단 말이다. 그건 너의 엄마가 잘 알 거야. 나는 결코 한 여자를 행복하게 만들어 줄 능력이 없는 사람이지. 나는 누구의 미래도 보장해 줄 자격이 없어. 그러니 제시가 떠난 것은 그녀 자신을 위해서는 오히려 잘한 일이야."
　멜리사는 속으로 크게 놀라지 않을 수 없었다. 그 말은 부녀 사이에 가로놓였던 벽을 일순간에 무너뜨리는 내용이었다.
　"아버지는 달라질 수 있어요. 노력만 한다면 어떤 일도 해낼 수 있어요."
　그는 고개를 저었다.
　"아무리 유능한 조련사라 해도 늙은 개에게 새 재주를 가르칠 수는 없어. 나는 늙은 사람이다, 멜리사. 제시는 다시 돌아오지 않아. 그녀는 현명한 여자니까."
　멜리사는 가슴을 에는 듯한 연민을 느꼈다.
　"아버지는 그녀를 사랑하고 있었군요. 그리고 아버지는 자신을 은근히 두려워하고 있어요. 그렇죠, 아빠?"
　갑자기 브라이스 씨의 눈빛이 달라졌다.
　"뜻밖이구나. 네게서 아빠라는 소리를 들어 본 지가 퍽 오래된 것 같다. 갑자기 그런 소리를 들으니 웬지 서글퍼지는구나. 넌 그렇지 않니?"

"네, 아빠…….."

멜리사는 말을 맺지 못하고 차문을 박차고 달려나왔다.

그녀는 집 안에 들어선 후 벽에 기대어 크게 소리내어 울었다. 얼마나 울었을까, 그녀가 관자놀이를 문지르며 정신을 가다듬고 있을 때 문 밖에서 아버지의 차가 떠나는 소리가 들려왔다.

비오는 날 밤

날카로운 천둥 소리에 놀라 멜리사는 잠이 깼다. 그녀는 침대에서 벌떡 일어나 창밖을 살폈다. 번쩍거리는 번갯불에 방 안이 금세 환해졌다.

그녀의 심장이 다시 고동치기 시작했다. 그녀는 호흡을 가다듬으려고 두 주먹으로 가슴을 꾹 눌렀다.

멜리사는 폭풍우가 싫었다. 혼자서 그것을 견디어 내야 하는 오늘 밤은 진정 저주스러웠다.

존슨은 돌아오지 않았다. 지금까지 포커판에 매달려 있을 것이 분명했다. 겁쟁이 조지아를 제외하면 이 집에는 멜리사밖에 없었다.

　매서운 바람이 나뭇가지를 뒤흔들고 창문을 두드려댔다. 멜리사는 덜컹 가슴이 내려앉았다. 그녀는 전등의 스위치를 조심스럽게 더듬었으나 불이 켜지지 않았다.

　"오, 하나님! 하필 이럴 때 정전이람……."

　그녀는 탄식을 하고 무릎을 세워 얼굴을 파묻었다. 전기가 나가 버린 것을 알고 나자 한층 더 혼자 있는 것이 무서워졌다. 지금 그녀는 숲으로 둘러싸인 외딴 집에 고립되어 있는 셈이었다.

　폭풍우는 점점 거세어지고 있었다. 빗방울이 쉴 새 없이 창문을 두들겨댔다. 끊임없이 들려오는 천둥 소리에 멜리사는 크나큰 두려움을 느꼈다.

　멜리사는 10분 정도 꼼짝 않고 침대 위에 웅크리고 앉아 있었다. 이 어두운 밤을 밝혀 줄 불빛이 있다면 그런대로 견딜 수 있을텐데……. 휘번득이는 번갯불들 이 방 안에서 내몰아 줄 불빛이 없으면 도저히 잠들 수 없을 것 같았다.

　그녀는 문득 존슨이 사냥갈 때 사용하는 석유 램프가 생각났다. 그녀는 조심스럽게 침대 아래로 발을 내려놓았다. 차가운 마룻바닥의 냉기가 느껴졌다. 그리고 뒤꿈치를 들고 어두운 복도로 걸어나왔다.

　무엇 때문에 소리를 내지 말고 걸어야 하는지 그 까닭을 알 수 없었다. 아래층 부엌에 내려가고 싶은 마음도 없었다. 그러나 불빛을 구하려면 다른 대책이 없었다.

멜리사는 계단의 난간을 더듬으며 아래층으로 내려갔다. 한발 한발 조심스럽게 내디디며 내려가다가 그녀는 발 밑에 뭔가 따뜻하고 뭉클한 것이 닿는 것을 느꼈다. 멜리사는 기겁을 하고 비명을 질렀다. 계단 아래로 굴러 떨어지지 않으려고 계단 중간에 엉거주춤 주저앉으려는 순간 머리가 난간에 부딪히고 말았다.

그것은 조지아였다. 조지아가 계단에서 잠을 자고 있었던 것이다. 멜리사는 식은 땀을 흘리며 부딪힌 머리 부위를 주물렀다. 조지아가 낑낑거리며 그녀의 뺨을 핥았다.

"이런 멍청이! 계단에서 잠을 자면 어떡하니?"

그녀는 내키지 않았지만 조지아의 등을 몇 번 쓰다듬어 주었다.

"그만 낑낑거려. 그렇지 않으면 계단 아래로 집어 던질 거야!"

신기하게도 조지아가 그녀의 말에 순종했다. 조지아는 꼬리를 살랑살랑 흔들며 일어섰다. 복도 저편에서 발자국 소리가 났기 때문이다.

갑자기 한 줄기 불빛이 그녀의 얼굴 정면을 비췄다. 멜리사는 깜짝 놀라 고개를 쳐들었지만 불빛이 눈에 반사되어 아무것도 보이지 않았다.

"메리, 괜찮소?"

어둠 속에서 존슨의 낮은 목소리가 울려 나왔다.

멜리사는 안도의 한숨을 길게 내쉬며 일어서려는데 발목

이 삐끗했다. 그녀는 반쯤 일어섰다가 다시 계단에 주저앉았다. 존슨은 플래시를 그녀의 발 밑으로 옮겼다.

"나는 혹시 도둑이 아닌가 했어요. 당신이 오늘 밤 돌아오리라곤 생각지도 못했거든요."

존슨이 그녀에게 다가와 나란히 계단에 걸터앉았다.

"예상 외로 게임이 일찍 끝났소. 무슨 일이 있었소?"

그는 옆에서 낑낑거리는 조지아를 아래로 쫓아버렸다.

멜리사는 정전이 돼서 램프를 찾으러 아러층으로 내려가던 길이라고 수줍게 말했다.

"조지아 때문에 놀란 것은 이번이 처음디 아녜요. 지난번에도 호숫가에서 갑자기 달려들어 사람을 놀라게 했고, 지금 또……."

"둘 다 사고 덩어리야. 어디 다친 데는 없소?"

존슨은 고개를 가로저으며 말했다. 그의 목소리에는 피로가 배어 있었다.

멜리사는 발목이 삐었다는 사실을 감추고 싶었다. 그러나 발목을 일으켜 세우자 그녀도 모르게 고통스런 신음이 입 밖으로 새어 나왔다.

"오른쪽 발목이 삐었나 봐요. 조금 아프군요."

"어디 봅시다."

그는 플래시를 발목 가까이 비추고 부드러운 손길로 그녀의 복숭아뼈를 건드렸다. 따스한 감촉이 발목에 느껴지자 멜리사는 숨을 들이마셨다.

존슨은 그녀를 두 팔로 번쩍 안아올렸다. 그리고는 발끝으로 플래시의 불빛을 멜리사가 기거하는 침실을 향하도록 조절해 놓았다.

멜리사는 꺼칠꺼칠한 털로 덮인 그의 맨가슴에 조용히 안겨 있었다. 그러나 그녀의 맥박은 세차게 뛰고 있었다.

존슨은 그녀를 안아다가 침대에 조심스럽게 내려놓았다. 그녀는 그의 가슴에서 떨어져 멍한 눈으로 그를 올려다보았다.

"잠깐만 기다려요, 메리. 플래시를 가져오겠소. 아니지, 석유 램프를 찾아와야겠군. 당신의 발목을 자세히 살펴봐야겠으니까."

문을 나서는 그의 뒷모습을 멜리사의 시선이 뒤따랐다. 그가 파자마 아랫도리만을 입고 있다는 사실에 그녀는 심장이 멎는 것 같았다. 그는 거의 벌거벗고 있지 않은가?

존슨이 병석에 누웠을 때도 그가 파자마 아랫도리만 걸치고 있던 모습을 본 적이 있었다. 그러나 지금은 폭풍우가 몰아치는 무서운 밤이 아닌가? 멜리사의 감정은 급격히 흥분으로 치달리기 시작했다.

존슨은 부드러운 불빛을 내는 석유 램프를 들고 돌아왔다. 침대 가장자리에 걸터앉은 그는 매우 냉담하고 침착했다. 그는 능숙한 손놀림으로 그녀의 부어오른 발목을 살펴보았다.

"삔 것 같은데. 내일 병원에 가서 X레이를 찍어봐야 할 것 같소. 오늘 밤은 그냥 참을 수 있겠소, 머리?"

존슨의 진찰 결과였다.

멜리사는 급히 고개를 저었다.

"아니, 괜찮아요. 조금 삐었을 뿐인데요, 뭘."

"그랬으면 좋겠소만."

그는 그녀의 발목에서 손을 떼고 고개를 들었다.

"계단에서 뭘 하고 있었소?"

그녀는 수줍게 미소를 지었다.

"램프를 가져오려고 했었어요. 도무지 잠이 와야지요. 무서워서 잠을 잘 수 없었어요."

존슨의 눈빛이 그녀를 사로잡는 듯했다.

"어둠을 싫어하는 거요? 도박사들만 싫어하는 줄 알았는데……."

그가 불빛을 등지고 앉아 있었으므로 그의 표정이 어떤지는 알 수 없었다. 하지만 그의 음성은 매우 부드러웠다.

존슨은 구급약 상자를 열고 붕대를 꺼냈다. 그는 붕대로 그녀의 발목을 단단하게 싸맸다. 붕대를 단지면서도 그의 시선은 그녀의 온몸을 훑고 있다는 것을 알아차리고 멜리사는 바짝 긴장하고 있었다. 그녀는 살갗이 내비치는 여름 잠옷을 입고 있었던 것이다. 존슨도 그것을 깨닫고 있는 것이 틀림 없었다.

그의 시선이 멜리사의 탐스러운 젖가슴에 못박힌 듯 멈춰 있었다. 그녀는 숨을 멈추고 베개에 등을 기댄 채 꼼짝도 못 하고 앉아 있었다. 그의 커다란 갈색 손이 그녀의 늘씬한 다리를 쓸어내렸다. 그의 엄지손가락이 그녀의 허벅다리를 자극하고 있었다. 멜리사는 가볍게 숨을 들이켰다. 힘들이지 않고 능숙한 솜씨로 그는 그녀를 침대에 눕혔다.

"메리."

그는 거친 목소리로 속삭였다. 그의 팔이 그녀의 어깨 밑으로 미끄러져 들어왔다. 그녀의 머리카락 속으로 그의 손가락들이 파고들고 있었다.

지금 이 순간 그녀가 원하는 것은 그가 계속해서 자신을 만져 주는 것뿐이었다. 그녀는 그의 단단한 몸뚱이 속으로 바짝 파고들었다. 그럼으로써 자신의 욕망을 전달하려고 했다.

그러나 그의 길고 단단한 다리가 그녀의 다리와 교차되었을 때 그의 다리가 그녀의 다친 발목을 건드렸다. 멜리사는 격렬한 고통을 맛보았다. 그녀는 신음 소리를 내며 그를 밀쳐냈다.

"또 나를 거부하는 거요?"

그는 그녀로부터 팔을 풀면서 물었다.

"메리. 이런 식으론 사랑을 나눌 수 없어요. 당신은 두려워하고 있소."

"아니, 그렇지 않아요. 당신이 내 발목을 건드렸어요. 나는……."

그녀는 그의 어두운 표정을 목격하곤 입을 다물었다. 그는 다시 바닥으로 내려섰다. 그녀는 그의 손을 붙잡으려고 자신의 손을 내밀었다. 그녀의 푸른 눈동자는 그를 간절히 갈망하고 있었다.

"나를 내버려 두지 말아요. 나는 이제 두렵지 않아요. 나는 당신을 원해요."

그녀는 속삭였다.

"오늘 밤은 나를 원하겠지."

그는 퉁명스럽게 말했다. 그리고 자신의 팔을 잡고 있는 그녀의 손을 뿌리쳤다. 그는 머리를 흔들었다. 그의 열기 오른 눈동자가 그녀를 쏘아보았다.

"그러나 앞으로는 어떻게 되지? 내일 아침에는? 당신은 내가 당신을 이용했다고 자신에게 속삭이겠지? 당신은 나를 신뢰하지 않고 있어. 메리, 나는 당신이 나를 증오하게 할 수는 없소."

그녀는 손가락으로 자신의 입술을 누르건서 그가 몸을 돌려 문 밖으로 나가는 것을 지켜보고 있었다. 그녀는 그를 불러 세우고 싶었다. 그리고 그에게 말해 주고 싶었다. 진정으로 그를 믿고 있다고. 그러나 그녀는 그럴 수 없었다.

완벽한 기회

**다**음날 아침이었다.

파출부는 멜리사가 계단에서 내려섰을 때 응접실의 가구들을 닦고 있었다. 40대 후반으로 통통하고 작은 그녀는 멜리사를 향해 활짝 미소를 지어 보였다. 그런 다음 계단 바로 옆의 마호가니 바의 먼지를 닦아내기 시작했다. 멜리사는 한손으로 소파의 등받이를 붙잡고 절뚝거리면서 방을 가로질러 걸었다. 다친 발목이 욱신거렸다.

멜리사는 막 부엌으로 들어가려는 파출부를 불러 세우고 조용히 물었다.

"존슨 씨는 외출했나요?"

"잠깐 신선한 공기를 쐬러 나갔어요. 곧 돌아오실 거예요. 아침 식사를 준비해 드릴까요, 아가씨?"

그녀는 활달한 목소리로 물었다. 멜리사는 고개를 저었다.

"고맙지만, 배가 고프지 않군요."

"그럼, 커피?"

"나중에 마시죠. 신경쓰지 마세요. 내가 끓여 마실테니까요. 청소를 방해하고 싶지 않아요."

"좋을 대로 하세요, 아가씨."

파출부는 다시 미소를 지어 보이곤 부엌으로 향했다.

멜리사는 절뚝거리며 소파로 가서 앉았다. 그녀는 길게 한숨을 내쉬었다. 그리고 물끄러미 벽난로를 응시했다. 수면 부족 때문에 그녀의 눈동자는 붉게 충혈이 되어 있었다.

그녀는 눈을 감았다. 잠시 혼란스런 마음을 진정시키기 위해서였다. 아침에 일어나자마자 존슨을 만나고 싶었다. 그러나 아직까지 그를 보지 못했다. 어젯밤의 사건은 정말 어리둥절한 것이었다. 그녀가 그토록 존슨과 사랑을 나누기를 열망했건만 그는 그녀를 받아들이지 않았다. 그는 그녀를 원했었다. 그녀는 그것을 알고 있었다. 그런데 어제 저녁 그의 행동은 그녀에게 심한 혼란감만 더해 주었다. 그의 행동은 분명히 여느 도박꾼들과는 판이한 것이었다.

그는 정말 알 수 없는 사람이었다. 그를 열망하고 있긴 했지만 그녀는 아직 그를 이해할 수가 없었다. 그녀는 그를 신뢰하고 싶었다. 그러나 아버지에게서 받은 영향력이 그것을 가로막고 있었다. 그만큼 그것은 그녀에게 깊이 새겨져 있었다. 어떤 남자를 신뢰한다는 것은 그녀에겐 불가능한 것처럼 느껴졌다.

그녀는 머리를 뒤로 젖히면서 다시 한숨을 쉬었다. 현관문이 열리는 소리가 들렸다. 그녀는 눈을 뜨고 자세를 바로했다. 소파 뒤로 고개를 돌렸을 때 존슨이 그녀를 발견했다. 그는 활짝 미소를 지었다. 깃없는 까만 스웨터와 검은 바지를 걸치고 있는 그는 너무도 매력적인 모습이었다. 그의 모습은 그녀에게 어제 저녁의 일을 생각나게 했다. 그가 그녀의 감정을 어떻게 만들었던가?

존슨이 다가오자 그녀는 조용히 미소를 지으며 그를 쳐다보았다.

"비 때문에 약간 서늘한 것 같지 않아요?"

그녀는 말하고 나서 그런 싱거운 말을 건넨 자신을 속으로 꾸짖었다.

존슨은 고개를 끄덕이며 이마를 찌푸렸다.

"왜 거기서 그런 자세로 앉아 있소?"

그가 물었다. 그는 소파에서 두 개의 쿠션을 집어 들었다.

"발목을 높게 올려 놓으시오. 그리고 걸어다니지 말란 말이오. X레이를 찍을 때까진 조심해야 된다구. 조금 있다가 병원에 데려다 주겠소."

"그런 수고는 하지 않아도 될 것 같아요."

그녀는 힘없이 말했다. 그는 그녀 앞에 무릎을 꿇고 앉아 그녀의 오른쪽 다리를 들어올렸다. 그는 커피 테이블 위에 놓인 쿠션 위에 그녀의 발목을 올려 놓았다. 그의 손길은 부드러웠다. 붕대 위에 그의 손끝이 스쳤을 때 통증이 그녀의 복사뼈 주위에 전율을 느끼게 했다. 그녀는 간신히 입을 열었다.

"집에 연락하여 마리를 부르겠어요. 그녀가 나를 병원까지 실어다 줄 수 있을 거예요. 꼭 병원에 가야 할 필요가 있다고 생각하신다면 말이에요. 그러나 나는 단순한 상처라고 생각해요."

"병원에 가야 해요."

그는 몸을 일으키며 단호히 말했다.

"당신은 X레이를 찍어야 해요. 강제로라도 X레이를 찍게 하겠소."

그의 목소리에는 그녀가 생각하지 못했던 깊은 애정이 담겨 있었다. 그녀는 턱을 지켜 들었다.

두 사람의 시선이 마주쳤다. 그의 푸른 눈동자 속에는 무엇인가가 어려 있었다. 그녀는 가슴이 뭉클하는 것을 느꼈다. 마침내 그가 고개를 돌렸을 때 그녀는 비로소 숨을 내쉬었지만 무거운 중압감이 온몸을 내리누르고 있었다.

그녀는 이제까지 그렇게 공허하고 혼란한 느낌을 결코 가져 본 적이 없었다. 왜 이런 혼란이 엄습하는 것일까? 다른 여자들은 쉽게 사랑에 빠지고 사랑을 받는다. 만사가 쉽기만 한데 왜 나는 다른가?

그녀는 정말 믿을 수 있는 남자를 찾기를 갈망했었다. 천천히 다가와서 평온함을 던져 줄 수 있는 그런 사랑을 가진 남자를……. 그런 아름다운 몽상 속에서 그녀는 결코 존슨 같은 남자를 꿈꾸진 않았었다. 그는 그녀의 내부에 격앙되고 혼란한 감정만을 불러일으키는 남자였다. 그를 소유하고 싶은 어쩔 수 없는 열망과 세찬 저항감……. 그녀는 다른 매력적인 남자들과 데이트를 한 적도 있었다. 그리고 그들의 키스가 그녀를 조금도 흥분시키지 못했기 때문에 자신이 냉정한 여자가 아닌가 하는 걱정도 했었다. 그러나 존슨은 그녀의 그런 의심을 깨끗이 씻어 주었다.

왜 그가 그녀의 잠재적인 성을 일깨운 남자가 되어야 했을까? 그녀는 우울한 기분으로 그를 바라보았다. 그는 책상서랍을 열고 한 뭉치의 종이를 꺼내고 있었다. 그리고 가죽 회전의자에 앉아 긴 다리를 앞으로 쭉 뻗었다. 그의 바지를 통해 탄탄한 근육이 드러나 보였다. 그것을 응시하고 있던 그녀의 시선이 천천히 위로 움직였다. 단단한 복부와 넓고 튼튼한 가슴을 지나 햇볕에 탄 얼굴 위에 맺혀 있는 천진스런 표정을 차례로 훑어나갔다.

진정 그를 사랑하고 있는 자신이 문득 가련하게 느껴졌다. 갑자기 그가 고개를 들자 두 사람의 시선이 부딪혔다. 그의 눈동자에는 이상한 빛이 어려 있었다.

그는 거칠게 중얼거렸다.

“이건 미친 짓이야. 우린…….”

현관문을 두드리는 소리가 그의 말을 방해했다. 그는 투덜거리며 벌떡 일어섰다.

그는 멜리사의 옆을 지나치다 말고 잠시 걸음을 멈추었다. 그리고 그녀의 황갈색 머리칼 위에 손을 올려 놓았다. 그는 아무 말도 하지 않았지만 그의 손길은 부드러웠다. 그는 잠시 뭔가를 생각하는 듯하더니 다시 문 쪽으로 걸음을 옮겼다. 그의 표정에는 후회의 빛이 역력했다.

응접실로 걸어 들어온 사람은 브라이스 씨였다. 그는 딸의 발목에 붕대가 감긴 것을 보고 미간을 찌푸렸다.

“어떻게 된 일이냐?”

“어둠 속에서 조지아에 걸려 넘어졌다견 믿으시겠어요?”

“브라이스 씨는 조지아가 무엇인지 알지 못하잖소.”

존슨이 심술궂은 말투로 끼어들었다. 이상스런 대화의 서두부터 방해를 받은 브라이스 씨는 멍한 눈빛으로 존슨을 쳐다보았다. 존슨은 미소를 지으면서 조지아에 관해 설명하기 시작했다.

“그 녀석은 몹시 야위고 서투른 라브라도 사냥개랍니다. 메리와 함께 있으면 둘은 항상 충돌을 일으키곤 하죠.”

“그렇지만 정말 귀여운 개예요. 하지만 모든 게 내 실수만은 아니에요. 우린 항상 서로 충돌하는 경향이 있단 말이에요.”

"당신을 비난하자는 게 아니오. 조지아와 당신이 서로 충돌하는 것은 운명적인지도 모르지. 둘 다 너무 젊으니까."

존슨이 다소 억양을 높이며 말했다. 멜리사는 그를 바라보며 콧등을 찡그렸다. 존슨을 쳐다보고 있는 브라이스 씨의 시선은 미심쩍은 듯한 것이었다. 그녀는 얼굴을 붉혔다. 브라이스 씨는 다시 멜리사에게로 시선을 돌렸다. 그는 두 사람 사이에 교환된 그 표정들이 무엇을 의미하는지 알 수가 없었다. 그녀는 소파에서 몸을 일으키며 말했다.

"앉으세요."

그녀는 아버지가 왜 이곳에 왔는지는 알 수가 없었지만 그것부터 묻지는 않았다.

"갑자기 오셔서 좀 놀랐어요."

"물론 그렇겠지. 그러나 어제 우리가 서로 이야기를 나눈 후, 나는 곰곰이 네 말을 생각해 봤다. 그리고……아무튼……나는 웬디에게 우리들 사이는 끝났다고 말했어."

멜리사는 너무 놀라 할 말을 잊고 있었다. 그녀는 아버지의 고집이 자기의 고집을 훨씬 능가한다고 믿어 왔었다. 비록 아버지가 웬디와 헤어지게 하기 위해 존슨의 집으로 옮겨왔지만, 최근 그녀는 자신의 계획에 대해 회의를 품기 시작했었다.

대체 무엇이 아버지에게 영향을 줄 수 있었을까? 어제 그에게 무슨 말을 했는지 멜리사는 생각나지 않았다. 정말

지금과 같은 아버지의 태도는 일찍이 볼 수 없었던 것이었
다. 그는 한 번도 그녀의 의견을 받아들인 적이 없었다.

"내 이야기가 기쁘지 않으냐? 뭐라고 말 좀 해보렴."

그녀가 말없이 바라보고만 서 있자 그가 물었다.

"너무 놀라서 그래요. 저의 어떤 말이 아버지의 마음을
바뀌게 한 건가요?"

브라이스 씨는 주머니에서 담뱃갑을 꺼냈다. 그는 궐련
하나를 꺼내 불을 붙였다. 그의 표정은 매우 심각했다.

"그것은 웬디가 너에게 계모처럼 행동한다고 한 네 말
때문이었어. 네게서 그 얘기를 듣고서야 정말 그 여자가
그런 생각을 갖고 있다는 걸 깨달았어. 그래서 이젠 더 이
상 호텔비를 치뤄 주지 않겠다고 말했어."

"그 여자가 기꺼이 받아들이지는 않았을텐데요?"

브라이스 씨는 슬픈 미소를 지으며 머리를 저었다.

"처음엔 아무 데도 갈 곳이 없다고 억지를 부렸어. 그러
나 내 태도가 단호한 것을 알고는 온갖 욕설을 퍼붓더군."

"그 여자는 이제 어디로 가나요? 돈을 한 푼도 가지고
있지 않다고 했는데……."

멜리사는 그녀에게 얼마간의 동정심을 느끼며 말했다.

"지금은 돈을 가지고 있어. 그리고 라스베이거스에 있는
친구에게 전화를 해뒀다. 그 친구가 그녀를 위해 시간제
가수 자리를 마련해 보겠다고 했어. 그래서 간신히 그녀를
달랠 수 있었지."

"어쨌든 그 여자를 쫓아낸 셈이군요. 이젠 제시를 다시 데려와야 하지 않겠어요?"

멜리사가 물었다. 브라이스 씨의 안색이 창백해졌다. 그녀는 자신의 질문을 후회했다. 그녀는 자신도 모르게 브라이스 씨의 팔을 붙잡았다.

"아버진 제시가 돌아오기를 바라죠? 그렇죠?"

"그야 그렇다만 제시는 자신의 생각대로 떠나간 거야. 난 쫓아가지 않겠어. 다만 돌아오기를 기다릴 뿐이다."

멜리사는 한숨을 길게 내쉬었다.

"아버지는 정말 고집스런 사람이군요. 저는……."

"나는 웬디가 떠났다는 것을 전하러 왔다. 그러니 너는 더 이상 이곳에서 머무를 이유가 없는 거야. 네가 바라는 대로 됐으니 이젠 집으로 돌아갈 수 있을테지?"

브라이스 씨가 성급하게 그녀의 말을 제지하고 말했다.

멜리사는 잠시 동안 웬디가 떠났다는 사실이 자신에게 어떤 의미를 지니고 있는지를 생각해 보았다. 이제 존슨의 집에서 머무를 이유가 사라진 것이다. 존슨의 집을 떠나 아버지의 집으로 돌아가야 했지만 그녀는 갑자기 떠나고 싶지 않은 자신을 발견했다. 존슨과 함께 있는 일은 괴롭고 위험스런 일이라는 걸 모르는 바는 아니었지만 매일 그를 볼 수 있다는 것은 한편으로는 즐거운 일이었다. 그녀와 존슨은 함께 앉아서 대화도 나눌 수 있고 서로 손을 잡아 볼 수 있는 조용한 시간도 가질 수 있지 않는가 말이다.

그녀는 존슨을 올려다보았다. 그는 브라이스 씨가 왔을 때부터 줄곧 서 있었다. 멜리사는 계단 난간에 등을 기댄 채 두 손을 주머니 속에 찔러넣고 있는 그가 무엇을 생각하고 있는지를 짐작할 수 없었다.

마침내 그녀는 아버지의 강렬한 시선을 깨닫고 아버지에게로 고개를 돌렸다.

"웬디는 언제 떠나게 되나요?"

그녀는 적어도 2, 3일은 지난 후 떠날 것이라고 아버지가 대답해 주기를 바랐다. 그러나 브라이스 씨의 대답은 기대와는 달랐다.

"지금쯤 짐을 꾸리고 있을 게다. 곧 출발할 라스베이거스행 비행기를 타야 할테니까. 마리가 공항까지 차로 데려다 주겠다고 했어. 내가 데려다 주어야 하겠지만 그러고 싶지 않았다. 아무튼 넌 이제 집으로 돌아가야겠지?"

브라이스 씨가 억지로 미소를 지어 보였다.

"멜리사는 X레이를 찍으러 나와 함께 병원에 갈 예정이었습니다. 확실치는 않지만 발목 뼈에 금이 갔을지도 모릅니다. 브라이스 씨가 바쁘시다면, 내가 병원에 데리고 가겠습니다."

존슨이 말했다.

"그럴 필요는 없습니다. 내가 데려가겠소. 멜리사의 일은 내 문제니까."

브라이스 씨의 말 속에는 존슨에 대한 경계심이 담겨 있었다. 존슨은 아무런 반응도 나타내지 않고 다만 미소를 지어 보였지만 그의 미소에는 약간 조롱기가 어려 있었다.

"좋도록 하십시오, 브라이스 씨."

갑자기 주위에 긴장감이 감돌았다. 멜리사는 다친 다리를 마룻바닥에 내려놓고 비틀거리며 걸음을 옮겼다. 그녀는 두 사람 중 그 누구도 쳐다볼 수 없었다.

"짐을 꾸리겠어요. 오래 걸리진 않을 거예요."

그녀가 다시 비틀거리자 존슨이 그녀에게로 다가왔다. 그리고 태연스런 미소를 지으며 두 팔로 그녀를 안아 들었다.

"함부로 걷지 말라고 내가 말하지 않았소?"

그는 그녀를 안고 계단을 올라가기 시작했다. 멜리사는 멍청한 표정으로 그를 올려다보고 있었다. 그녀는 그가 걸음을 옮길 때마다 분노에 찬 아버지의 시선을 의식해야만 했다. 존슨은 그녀의 방문을 발로 차서 열고 방 안으로 들어선 뒤 다시 발로 문을 닫았다.

그녀는 존슨의 얼굴 위에 떠오른 몹시 만족스런 미소를 놀란 표정으로 쳐다보았다.

"브라이스 씨의 기분은 지금 미칠 것 같을 거야. 이렇게 당신과 내가 문까지 닫아 놓고 침실에 함께 있으니 말이오. 그러나 잠시 동안은 참아야만 할 거요. 난 당신에게 할 이야기가 있으니까."

“무슨 이야기죠?”

그녀가 물었다. 그의 면도 크림 냄새가 코끝으로 몰려들고 있었다. 그녀는 숨을 멈췄다. 그는 여전히 그녀를 안아든 채 방 가운데서 걸음을 멈추었다. 그의 시선이 유연하고 가냘픈 그녀의 몸을 훑고 있었다.

“메리, 나는 당신을 떠나보내지 않을 수 없소. 이곳을 떠나는 것이 당신에게는 더 잘된 일인지 모르지만. 그렇게 생각지 않소?”

“왜죠? 왜 그것이 나에게 더 좋은 일이라는 거죠? 내가 너무 폐를 끼쳤었나요?”

그녀가 물었다. 그녀의 입가에는 슬픈 표정이 깃들어 있었다.

“폐를 끼치지는 않았소. 계속되는 유혹일 뿐이었소. 어젯밤 이후로 나는 깨달았소. 당신이 여기 머무르는 한 난 도무지 자제할 수 없다는 걸 말이오.”

그는 부드럽게 말했다. 그의 목소리는 매우 감미롭게 그녀를 사로잡고 있었다. 그녀는 두 볼이 붉어졌다.

“오, 존슨. 나는······.”

그의 입술이 그녀의 말을 막았다. 그녀는 두 팔로 그의 몸을 끌어당겼다. 그는 다시 고개를 들었다. 그의 푸른 눈동자 속에서는 가느다란 열정의 불길이 일고 있었다. 그녀는 그 눈동자의 푸른 심연 속으로 그대로 빨려 들어갈 것만 같았다.

“난 다시 시작하고 싶소. 당신을 보러 가겠소. 자주.”

“당신은 나를 사랑하고 있지 않잖아요? 단순한 육체적인 욕망의 대상으로만 생각할 뿐이에요. 내가 육체적인 관계를 원치 않기 때문에 쥬리하고 함께 밤을 지내지 않았나요?”

그는 몹시 혼란스러운 듯 얼굴을 찌푸렸다. 그러나 마침내 머리를 흔들었다. 그의 눈 속에는 뭔가 이해하겠다는 표정이 어려 있었다.

“난 쥬리와 함께 밤을 보내지 않았소, 메리. 그날 밤 난 혼자 호텔에서 보냈소. 왜냐하면 당신과 이곳에 함께 있게 되면 도저히 나 자신을 자제할 수 없을 것이라고 판단했기 때문이오.”

그는 그녀를 침대 가장자리에 내려놓았다. 그녀가 뭐라고 입을 열려고 하자 손가락으로 그녀의 입술을 가볍게 눌렀다.

“가만히 앉아 있어요. 그리고 발목을 조심해요. 파출부를 불러 짐을 꾸리게 하겠소.”

그의 손가락이 그녀의 턱으로 미끄러져 내려갔다. 그리고 그녀의 얼굴을 치켜 올렸다. 그는 고개를 숙이고 그녀의 입술에 가볍게 키스 했다. 그리고 방을 나갔다.

멜리사는 떨리는 손가락을 자신의 입술로 가져갔다. 그녀의 입에서 부드럽고 고뇌에 찬 신음이 새어나왔다.

존슨은 완전히 그녀를 혼란에 빠뜨려 놓은 셈이었다. 비

록 그가 자기에게 진실한 감정을 가져 줄 것을 열망했었지
만 그것이 실현될 수 없으리라는 것은 그녀 자신이 잘 알
고 있었다.

　도박꾼들이란 나무 위의 새들처럼 사람들을 매혹시킬 수
있다고 마리가 말했었다. 지금 멜리사는 마리의 말이 옳다
고 생각했다. 한편으로는 그의 사랑이 진실이든 아니든간
에 그녀는 그의 유혹을 받아들이고 그의 앞에 굴복하고 싶
었다.

　약속대로 존슨은 멜리사를 찾아왔다. 그녀가 그의 집을
떠나온 지 며칠 후였다.

　석양 무렵이었다. 호수는 주홍빛 꽃비늘을 번뜩이고 있
었다. 서쪽 하늘은 온통 오렌지빛이었다.

　멜리사는 호숫가에 앉아 있었다. 그녀는 무릎을 끌어안
고 그 위에 턱을 얹어 놓고 현란한 노을을 몽롱한 시선으
로 바라보며 환상 속에 젖어 있었다.

　갑자기 두 개의 따뜻한 손이 그녀의 어깨를 슬며시 쥐었
다. 존슨이 낮은 목소리로 그녀의 이름을 부드럽게 부르고
있었다. 그녀의 환상이 현실로 변하는 순간이었다. 그는
그녀의 어깨 위로 흘러내린 머리칼을 쓸어 올리면서 그녀
의 옆에 앉아 허리를 감싸 안았다.

　그는 아무 말이 없었다. 멜리사는 긴장을 풀고 그의 가
슴에 머리를 파묻었다. 그는 그녀의 뺨으로부터 머리칼을

뒤로 빗어내리고 있었다. 이렇게 그의 가슴에 안겨 있으니 묘하게 포근한 느낌이 들었다. 두 사람은 좁은 담요 위에 바짝 붙어 앉아 있었기 때문에 그녀는 그의 얼굴을 거의 쳐다볼 수가 없었다. 그는 그녀의 목덜미에 가볍게 입을 맞추었다. 그녀는 평온감과 만족감을 느꼈다.

그러다 그녀는 문득 그는 지금 육체적으로만 그녀를 원하고 있을 뿐이란 생각이 들었다. 그는 그녀의 신경 조직을 자극함으로써 그녀를 굴복시키려는 게 분명했다. 그러나 그 굴복은 달콤한 것이었다.

무료한 시간이 흘러갔다. 호수 저편의 시에라스 산맥 뒤로 태양은 이미 넘어가 있었다. 멜리사는 며칠 만에 처음으로 모든 긴장이 풀어져 있었다. 그러나 불행히도 잠시 동안의 평화는 너무 짧았다.

자신의 허리를 감고 있는 존슨의 손을 그녀가 바짝 끌어당겼을 때 브라이스 씨가 그들 옆에 모습을 나타냈다. 그의 이글거리는 듯한 시선이 존슨을 노려보고 있었다.

"애야, 네게 할 이야기가 있다."

그것은 요청이 아니라 명령이었다.

마지못한 듯 존슨은 멜리사의 허리에서 팔을 풀고 자리에서 일어섰다. 그리고 그는 천천히 물가를 향해 걸어갔다.

"무슨 말씀인가요? 무슨 일이라도 있었나요?"

멜리사가 물었다.

브라이스 씨가 그녀 옆에 주저앉았다.

"제시가 어디 있는지 알았어. 로스앤젤레스에서 직장을 구하고 있다더군. 내 친구가 그녀에 관하여 전화로 알려왔다. 그래서 그녀에게 상여금을 보내야 한다고 그에게 거짓말을 하여 그녀의 주소를 알아냈지."

"그래서요? 이제 어떡하시려는 거죠? 마음이 변하신 거예요?"

그녀가 물었다.

"마음을 바꾸기로 했어. 나에겐 그녀가 아쉽다. 난 뭔가를 잃어버리고 나서야 그것이 정말 귀중하다는 걸 깨닫는 사람인 모양이다."

브라이스 씨가 무뚝뚝하게 말했다.

"그런 것 같아요. 그러나 아버지는 이제 제시가 중요하다는 걸 아셨잖아요. 그것이 중요한 거예요."

"그녀도 그렇게 생각했으면 좋겠다만 모든 것이 너무 늦지 않았는지 모르겠어. 나는 우리 사이를 확실히 하기 위해 로스앤젤레스로 가서 그녀에게 돌아오라고 부탁할 예정이다. 새벽 두 시 비행기가 있더군. 오늘 캄은 카지노에서 머물 예정이다. 될 수 있다면 내일 밤까진 돌아오겠다. 제시와 함께."

"잘됐군요. 정말 모든 일이 잘 이루어지길 바라겠어요."

"이야기가 그렇게 쉽게 풀리지는 않겠지. 하지만 이번에는 최선을 다할 작정이다."

브라이스 씨가 중얼거렸다.

"옛날식으로 그렇게 강압적으로 말하지 마세요. 아셨죠? 그녀도 이젠 정착을 원할테니까 잘될 거예요."

"지금까진 재혼 문제를 생각한 적도 없다만 만약 제시와 결혼하게 된다면 실망을 시키진 않을 작정이다."

브라이스 씨는 어색한 미소를 띠며 어깨를 으쓱했다.

"그녀는 아빠를 사랑하니까 웬만한 일에는 실망하지 않을 거예요."

그는 아무런 표정의 변화도 없이 그녀의 머리를 쓰다듬을 뿐이었다.

"너는 좋은 애야. 우린 오랜만에 서로 많은 이야기를 나누었구나. 그러나 다음주부턴 너보다 제시에게 더 많은 관심을 기울인다 하더라도 이해해 주었으면 한다. 그녀를 내가 데려온다면 말이다."

그녀는 고개를 끄덕였다.

"걱정 마세요. 얼마든지 이해해 줄 준비가 돼 있으니까요."

"한 가지 약속해 주겠니?"

그는 그녀의 어깨 너머 저쪽 물가에 서 있는 존슨에게 차가운 시선을 던지며 말했다.

"오늘 밤 집에서 자겠다고·약속해 다오."

멜리사는 존슨 쪽으로 고개를 돌리며 얼굴을 붉혔다. 그가 아버지의 말을 듣지나 않았는지 걱정됐다.

"물론 오늘 밤 집에서 잘 예정이에요. 아버지가 뭘 걱정하고 계신지 모르겠군요."

"그래. 그래야지. 존슨에 관해 알고 있는 사람은 아무도 없어. 다시 말해 그는 외톨이야. 항상 그런 식으로 생활할는지도 모르는 사람이야. 네가 그런 점을 잊지 않았으면 좋겠다. 네가 상처받는 것을 원하지 않으니까 말이다."

그는 다시 한 번 못마땅한 시선을 존슨 쪽으로 던지고는 몸을 돌렸다.

"그럼 내일 저녁에 만나게 되겠군."

멜리사는 대답을 할 수가 없었다. 브라이스 씨는 존슨에 대해 몹시 못마땅하게 생각하고 그녀에게 경계할 것을 다시 상기시켰던 것이다.

그녀는 자신이 취해야 할 행동을 결정해야 했다. 아버지의 충고는 당연한 것이다. 그렇다면 그녀는 아버지의 충고를 받아들여 존슨에게서 완전히 떠나야 했다.

브라이스 씨가 멀어져 가는 것을 보고 있던 존슨이 다시 그녀에게로 다가와 그녀의 손을 잡아 일으켜 세웠다.

"발목은 어떻소? 괜찮소?"

그는 부드러운 팔로 그녀의 허리를 안으며 중얼거렸다.

"이제 거의 다 나았어요. 나는 내일 볼티모어로 돌아가야겠어요."

그녀는 자신의 심경이 변하기 전에 용기를 내서 말했다. 존슨은 잠시 동안 아무 말도 없었다. 그의 손이 그녀의 허리에 압력을 가하며 바짝 앞으로 끌어당겼다.

“왜 갑자기 떠나겠다는 거요?”

그가 자못 긴장하며 물었다. 그녀는 더듬거리는 목소리로 제시를 데리러 떠난 아버지에 대해 말했다.

“그들이 돌아오면 그들만의 시간이 필요할 거예요. 나는 그들을 방해하고 싶지 않아요.”

“거짓말을 하고 있군, 메리.”

그는 쉰 목소리로 중얼대며 엄지와 검지로 그녀의 작은 턱을 잡고 자신의 얼굴을 쳐다보도록 했다.

“당신은 나로부터 떠나려고 하고 있소. 내가 그렇게도 두렵소?”

“그래요. 당신은 언제나 외톨박이라고 아버지가 말했어요. 그 말이 맞는 것 같아요. 당신은 쥬리 같은 여자와 어울리는 게 훨씬 좋을 거예요. 난 그런 여자들 중의 한 사람이 될 수는 없어요.”

그녀는 솔직하게 털어놓았다. 그녀의 눈에는 고통의 빛이 어려 있었다.

“당신은 나에게 기회를 주지 않는군. 그렇게 생각되지 않소? 내가 도박꾼이기 때문에 믿을 수 없다는 말이오? 그러나 당신은 나를 원하고 있소. 이제와서 왜 당신의 솔직한 그 감정을 외면하려는 거요? 내가 당신을 포옹했을 때 아무런 감정도 일지 않았다고 당신은 말할 수 있겠소? 이런 식으로 말이오.”

갑자기 그는 고개를 숙이고 그녀를 바짝 끌어당기며 그

녀의 입술에 입을 맞췄다. 그녀의 가는 허리를 감고 있던 그의 손이 그녀의 탄탄한 둔부로 움직여 갔다가 천천히 가슴 쪽으로 거슬러 올라왔다. 두 팔로 그의 목을 끌어안고 바짝 매달려 있는 그녀는 그를 완전히 소유하고 싶은 열망으로 가득차 있었다.

"당신은 알고 있소. 우린 서로 필요로 하고 있다는 것을."

그의 따뜻한 숨결이 그녀의 달아오른 뺨을 스쳐 지나갔다. 그녀의 눈에는 눈물이 괴어 있었다.

"그러나 그것은 육체적인 욕구일 뿐이에요. 나는 그것만으론 만족할 수 없어요."

가늘게 치켜 뜬 그의 눈이 그녀를 바라보고 있었다.

"육체적인 욕구는 남자와 여자 사이의 중요한 문제 중의 하나요. 그건 죄가 아니므로 무시해서는 안 돼요."

"그러나 우리 사이는……."

"왜 우리 사이에 그것뿐이라고만 믿고 있단 말이오? 왜 나에게 기회를 주기를 두려워하는 거요? 내가 도박꾼이란 그 사실이 그렇게도 큰 문제란 말이오?"

그가 화난 목소리로 소리쳤다.

"……."

"만약 그렇다면 그건 정말 대수롭지 않은 이유요. 분명히 말하지만 당신은 기회를 가질 수 있을 거요. 그리고 나도 당신과 함께 기회를 갖게 될 거요. 남자와 여자가 서로

깊은 관계로 맺어진다는 것은 운에 맡긴 승부와 같은 것이
오. 그것은 좋을 수도 있고 나쁠 수도 있소. 그것이 인생이
오. 우린 서로 위험을 무릅써야 하오. 그걸 모른다면 당신
은 환상에 젖은 소녀로 이 세상을 살아가야 할 거요."
　"존슨, 나는……."
　그가 그녀의 어깨를 붙잡고 가볍게 흔드는 바람에 그녀
는 말을 멈추었다. 그녀의 황갈색 머리카락이 뺨으로 흘러
내리고 있었다. 그녀는 다소 당황한 표정으로 그를 쳐다보
았다.
　"정말 이렇게 끝나기를 바라는 거요?"
　그가 거친 목소리로 물었다.
　"당신을 원하는 것은 사실이지만 그러나 당신에게서 떠
나야만 해요. 나의 꿈을 당신에게서 이룰 수 없다는 것은
확실하니까요."
　존슨은 그녀를 잡았던 손을 놓으며 말했다.
　"만약 당신이 나를 조금이라도 믿었다면 우리는 특별한
사이가 되었을 거요."
　"그래요. 특별한 사이가 되었을테죠. 그러나 그것이 얼
마나 오랫동안 지속될 수 있을까요?"
　그녀가 침울하게 물었다.
　"당신은 그런 질문을 해야만 하기 때문에 어떤 것도 결
코 시작할 수 없었던 거요."
　그는 퉁명스럽게 말했다. 그런 다음 머리를 설레설레 흔

들었다.

"만사가 완벽해질 때까지 기다려서는 안 돼는 거요. 어 떤 사람에게도 완벽한 기회란 주어지지 않아요. 당신 자신 이 기회를 잡고 최선을 위해 노력해야 해요. 그렇지 않으 면 브라이스 씨처럼 오랜 시간이 지나서야 뉘우치게 될 거 요. 그럼 안녕, 메리."

그는 고개를 숙여 그녀의 아마에 키스를 한 후 몸을 돌 려 떠나갔다.

멜리사는 휙 몸을 돌려 망연히 호수를 바라보았다. 떠나 는 그를 바라볼 수가 없었다. 눈물이 괴자 시야가 부옇게 흐려졌다. 뭐라고 말할 수 없는 공허감이 돌려들고 심장이 싸늘해지는 것 같았다. 그는 지금 그녀의 모든 것을 가지 고 떠나고 있는 것이다. 그 스스로가 그녀의 가슴 속에 심 어 놓은 그 모든 것을……. 그녀는 차가운 손가락을 뺨으 로 가져갔다. 그러나 그녀의 절망감은 너무도 깊은 것이었 다. 눈물 속의 어떤 것도 그녀를 구해 주지 못할 정도로 …….

당신을 사랑해요

멜리사의 마음이 변한 것은
다음날 공항으로 차를 몰고 있을 때였다. 그녀는 전날 밤
을 고스란히 뜬눈으로 지새웠다. 타호를 떠나야겠다는 자
신의 결심이 과연 현명한 것인지 도무지 확신이 서지 않았
다. 그러나 뿌리 깊은 자기 보호의 본능이 그녀로 하여금
짐을 꾸리게 하고 공항으로 차를 몰게 했다. 그런데 지금,
존슨에게서 멀어지면 멀어질수록 그녀는 자신이 결코 그를
떠나고 싶어하지 않는다는 사실을 느끼고 있었다.

갑작스런 전율이 엄습해왔다. 그녀는 도로에 있는 카지

노의 주차장으로 차를 몰고 있었다. 요란스레 차를 정지시
키면서 그녀는 핸들을 잡은 손 위에 이마를 떨어뜨렸다.
그리고 평온을 되찾으려 노력했다.

그녀는 지금 자신의 인생을 뒤바뀌게 할지도 모르는 엄
청난 결심의 끝자락에 서 있었다. 그녀는 논리적인 결론에
도달하려고 노력했지만 감정은 이성을 압도하고 있었다.

존슨은 그녀가 사랑한 유일한 남자였다. 그는 지성적이
고 격정적이었으며 항상 그녀를 다정하고 사랑스럽게 대했
다. 그의 곁을 떠난다는 것은 얼마나 바보 같은 짓인가.

그녀는 마침내 마음을 정했다. 어쩌면 그가 옳은지도 모
른다. 사랑이란 운에 맡겨야 하는 승부라는 그의 말이 만
약 사실이라면, 그녀가 지금까지 만나왔던, 혹은 만나기를
원해왔던 그 어떤 남자보다도 그녀는 그에게 자신의 운명
을 맡길 수 있을 것 같았다. 그러려고만 했다면, 그녀는 사
이몬 휘트니 같은 남자와 함께 생활의 안정을 찾을 수도
있었을 것이다. 그러나 그는 그녀를 피곤하게 만드는 사람
일 뿐이었다.

갑자기 생활의 안정이란 것이 그녀에게 별로 중요하지
않게 느껴졌다. 그런 것 때문에 멍청이 같은 사람과 함께
살 수는 없는 노릇이 아닌가. 존슨이 단지 한 순간을 그녀
와 같이 살고 싶어한다고 하더라도, 그는 사이몬 같은 사
람과 10년을 살아가면서 구할 수 있는 행복보다도 더 큰
행복을 그녀에게 줄 수 있을 것이다. 그리고 다행히 그녀

에게 운이 따라 준다면 존슨이 그녀를 진정으로 사랑하게
되어 그녀를 영원히 자기 곁에 머물게 할지도 모른다.

그녀의 상상은 더욱 엉뚱한 곳으로 흘러가고 있었다. 존
슨은 정착하려 들지 않는 도박사이다. 그렇기 때문에 그는
그녀에 대해서도 마찬가지일 것이다. 그러나 그녀는 모험
을 피하지 않을 것이다. 사실 그녀에겐 다른 선택이 있을
수 없었다.

어젯밤 존슨과 헤어진 이후로 그녀는 견딜 수 없었다.
공허하고 외로웠다. 그녀는 자신이 그에게서 떠난다는 것
이 정말 어리석은 일이라는 것을 깨달았다.

멜리사는 고개를 들었다. 그녀의 눈동자에는 흥분과 결
심이 어려 있었다. 그녀의 마음은 이미 존슨에게로 돌아가
고 있었다.

마리는 깜짝 놀랄 것이다. 아버지도 마찬가지일 것이다.
그러나 그런 것은 상관하지 않아야 한다.

이것은 그녀의 인생이고 또한 그녀의 모험이었다.

주차장에서 차를 돌려 그녀는 오던 길을 거슬러 차를 몰
기 시작했다. 지금 그녀가 타고 있는 아버지의 차를 공항
에 주차시켜 놓고 아버지가 로스앤젤레스에서 돌아오는 길
에 타고 올 수 있도록 할 계획이었다. 이제 그녀는 아버지
를 마중할 수 있는 다른 누군가를 생각해야만 했다.

존슨에게 돌아가기로 결심한 순간부터 그녀는 잠시도 지
체할 수가 없었다. 이제 그녀는 그의 집으로 향하는 도로

를 달리고 있었다. 하나의 두려움이 엄습해왔다.

그녀를 원한다는 그의 마음이 변했다면? 어젯밤 그는 그녀에게 크게 실망했을 것이다. 만약 그가 오늘 그녀를 거절한다면? 그녀는 이를 악물고 마음의 갈등을 이겨내고 있었다.

다행히도 존슨의 차가 그의 주차장에 서 있었다. 그러나 처음 보는 차 한 대가 나란히 놓여 있었다. 그녀는 그 차가 쥬리의 것이 아니기를 기도했다. 만약 그 금발의 미녀가 그와 함께 있다면, 그에게 뭐라고 말해야 할 것인가?

모든 용기가 사라져 버리기 전에 그녀는 차를 멈추고 밖으로 나왔다. 그녀는 초록색 재킷을 벗어 차 앞좌석에 집어 넣고 어깨를 추스리며 현관을 향하여 비틀대며 걸어갔다. 그녀가 현관에 닿기 전에 한 남자가 현관문으로부터 걸어 나오고 있었다. 그녀는 안도의 한숨을 내쉬었다. 그 남자는 해군 스포츠 상의와 흰 슬랙스를 화려하게 입고 있었다. 40대의 얼굴에 밝은 미소를 지어 보였다.

낯선 사람이었지만 그녀는 그에게 미소로 답했다. 낯선 차는 그 남자의 차가 분명했다. 그녀는 쥬리가 존슨과 함께 있지 않을 것이란 확신을 가졌다.

그 남자는 멜리사를 위하여 한쪽으로 길을 비켜 주었다. 그녀는 정중하게 감사를 표하고 삼목으로 만들어진 현관문으로 들어갔다.

그녀는 노크마저도 잊고 있었다. 심장이 마구 고동치고

있었다. 숨조차 쉽게 들이킬 수가 없었다. 그대로 주저앉게 될 것만 같았다.

그러나 그녀는 용기를 내서 응접실로 발을 들여 놓았다. 그녀는 존슨을 발견하고 걸음을 멈추었다. 그는 등을 돌리고 창밖의 나무를 바라보면서 갈색 바지에 손을 찌른 채 창문 앞에 서 있었다. 크림빛 폴로 셔츠가 그의 그을린 피부를 잘 드러내 주고 있었다.

그는 한손을 들어 목덜미를 문질렀다. 그녀는 그와 몇 발자국 떨어진 곳에서 꼼짝 않고 서 있었다. 도저히 그에게 자신의 존재를 알릴 용기가 나지 않았다. 그러나 그때 그가 마치 그녀의 출현을 이미 알고 있는 듯 천천히 몸을 돌리고 있었다. 그의 눈 속에 갑자기 이글거리는 불꽃이 어리고 있었다. 그것이 분노의 표시인지 환영의 표시인지는 알 수 없었다. 멜리사는 아무 말도 할 수가 없었다. 존슨은 다만 그녀를 지그시 응시하고 있을 뿐이었다. 그녀 역시 몽롱하게 그를 바라보고 있었다. 그가 갑자기 그녀를 향해 걸음을 옮겼을 때 그녀의 심장은 정지되는 듯했다.

그녀는 뒷걸음질을 치며 계단의 난간을 붙잡았다.

존슨은 그녀의 바로 앞에 멈추었다. 그녀는 침을 삼키면서 그를 올려다보았다. 그녀의 눈동자는 완전히 넋을 잃고 있었다.

"메리, 작별 인사를 하러 왔소?"

그의 목소리에는 아무런 감정도 없었다. 그녀는 그의 팔

안으로 뛰어들고 싶었지만 감히 용기가 나지 않았다. 만약 그가 자신을 거절한다면…….

그녀는 자신을 유지할 수 있는 한 가닥의 자존심만은 남아 있기를 바랐다. 그녀의 입 안은 말을 할 수 없을 정도로 너무 메말라 있었다. 그녀는 혀끝으로 입술을 축였다. 그는 묵묵히 그녀의 대답을 기다리고 있었다. 마침내 그녀가 머리를 흔들었다.

"그럼 여기는 왜 왔소?"

그가 다시 조용히 물었다. 그 목소리에는 기대와 기쁨이 담겨 있었다. 그는 두 손으로 그녀의 얼굴을 감쌌다.

"말해 봐요."

멜리사는 눈을 감았다. 그의 손길에서 전해오는 따뜻함이 그녀의 온몸에 이상스런 평온함을 던져 주고 있었다. 그녀의 손이 그의 단단한 가슴 위로 움직였다. 떨리는 손가락이 그의 셔츠의 옷깃에 닿아 있었다. 그녀는 천천히 눈을 뜨고 그의 눈동자를 바라보았다.

"떠날 수 없었어요, 존슨. 정말 당신 곁을 떠날 수가 없었어요."

그녀는 속삭였다.

"메리."

그는 중얼거리며 그녀를 힘껏 껴안았다. 그의 손이 그녀의 등을 타고 허리까지 미끄러져 내려갔다. 그녀는 두 팔로 그의 목을 끌어안으며 바짝 그를 끌어당기고 있었다.

그녀는 발뒤꿈치를 들고 그의 입술을 찾았다. 그의 입술은 그녀의 모든 긴장을 풀어 주는 듯했다. 그의 입술이 그녀의 목을 거슬러 귀쪽으로 더듬어갔다.

"당신이 떠나지 않은 것을 하나님께 감사해야겠소."

그는 신음처럼 중얼거렸다. 그의 나직한 목소리가 그녀의 머리카락 속으로 스며들고 있었다.

안도의 물결이 그녀의 온몸을 감싸고 있는 듯했다. 그녀는 진정 행복을 느끼고 있었다. 그녀는 몸을 뒤로 젖히면서 그를 올려다보았다.

"당신을 사랑해요. 당신은 듣고 싶지 않을지 모르지만 난 당신을 사랑해요."

그녀가 쉰 목소리로 속삭였다.

"듣고 싶지 않을지도 모른다구?"

그는 눈쌀을 찌푸렸다.

"나는 그 말 이외의 어떤 말도 듣고 싶지 않소, 메리. 나도 당신을 사랑하고 있소."

그녀는 입술을 깨물면서 머리를 저었다.

"그렇게 말하지 말아요. 정말 당신이 나를 원하는 만큼만 당신 곁에 머물러 있을 거예요."

그는 만족의 웃음을 떠올렸다.

"귀여운 바보!"

그는 낮은 목소리로 속삭였다. 그런 다음 마치 목마른 사람처럼 그녀의 입술을 찾았다. 부드러운 키스는 점점 용

광로의 불꽃처럼 격렬해지고 있었다. 그녀의 몸은 환희의 불꽃 속에서 소용돌이치고 있었다. 모든 기운이 몸 밖으로 빠져나가고 있었다.

"메리, 당신은 철부지 어린 소녀요. 나는 진정 당신을 사랑하고 있소. 얼마간만 내 곁에 머물러 있겠다는 생각은 잘못된 것 같소. 그건 정말이지 바보 같은 소리요. 나는 일시적인 욕망을 채우기 위해 당신을 원하고 있는 것이 아니오."

"당신은 나하고 결혼하기를 원하지는 않잖아요?"

그녀는 다시 혼란스러움을 느꼈다.

"나는 당신과 함께 살고 싶소. 당신이 나의 아내가 되어주길 바라오."

그는 그녀의 오똑한 코끝에 입을 맞추었다.

"당신과 같은 순진한 사람에게 나의 청혼을 어떻게 믿게 해야 하지? 당신은 정말 어떤 남자라도 결혼하고 싶어할 그런 여자요. 나와 결혼해 주겠소? 지금 돈."

멜리사는 거의 정신이 혼미할 지경이었다. 그녀는 멍한 눈동자로 그를 쳐다보았다. 그녀의 입은 덩하니 벌어져 있었다.

도박꾼들은 결혼을 신청하지 않는다. 그러나 이 사람은 지금 자신에게 청혼을 하고 있는 것이 아닌가. 그의 말이 진심이라는 것을 그녀는 확신하고 있었다. 그녀는 눈물이 날 정도로 활짝 웃으면서 그의 팔 속으로 뛰어들었다. 그는 그녀를 번쩍 들어올렸다.

"정말 믿을 수 없어요, 왜 좀더 빨리 말해 주지 않았어
요?"

그녀가 속삭였다.

"당신은 나를 믿으려 하지 않았소. 지금 당신이 나를 믿
는 것이 정말 놀랍소."

"그것은 너무 많은 것을 바랐기 때문일 거예요. 그렇지
만 난 이제 당신을 믿어요."

그녀는 그의 귀에다 속삭였다. 그는 멜리사를 내려놓았
다.

"정말 도박꾼을 믿겠다는 거요?"

"당신은 믿을 수 있어요. 당신이 도박사라 해도 상관없
어요."

"당신이 그렇게 말할 수 있으리라곤 생각지도 못했소."

그는 만족스런 표정을 지으며 손가락으로 그녀의 입술을
문질렀다. 그녀의 입술이 뭔가를 열망하는 듯했지만 그는
키스하지 않았다.

"메리, 말해 줄 게 있소."

그는 잠시 주저하는 듯하다가 마침내 입을 열었다.

"당신이 들어올 때 이 집에서 나가는 남자를 보았소?"

그녀가 고개를 끄덕이자 그는 미소를 띠며 말을 이었다.

"그 사람은 빌 앤더스라는 사람이오. 뉴욕에서 온 내 편
집인이오. 샌프란시스코로 가는 길에 잠시 나에게 들렀다

는 거요.”
“편집인?”
어리둥절한 표정을 지으며 그녀가 되물었다. 순간 그녀는 뭔가를 깨달을 수 있었다. 그러나 믿어지지 않는 일이었다.
“당신은 그렇게 말하지 않았어요. 당신은 그 존슨 로케가 될 수 없어요. 작가라니, 말도 안 되는 얘기예요.”
존슨은 말없이 만족스런 미소만 짓고 있었다.
“거짓말이죠?”
그녀는 정말 혼란스러웠다.
“당신은 직업적인 도박꾼이잖아요?”
“아니, 그렇지 않소. 도박꾼이라고 영원히 도박만 하는 건 아니라오.”
그는 긴장된 그녀의 어깨를 쓰다듬으며 부드럽게 대답했다.
“직업 도박사가 아니라면, 어떻게 그렇게 많은 사람들을 이길 수 있었나요? 그 쟁쟁한 직업 도박사들에게서 승리를 따낼 수 있었나요?”
그녀는 그의 말을 아직도 받아들일 수 없었다.
“나는 여러 해 동안 포커를 했었소. 그리고 한 포커 전문가를 만나서 그와 몇 개월을 함께 보냈었지. 그는 포커의 모든 것을 나에게 가르쳐 주었소. 그 기술과 행운이 나를 그렇게 만들었을 뿐이오.”

그가 담담하게 설명했다.

"그런데 왜 직업 도박사처럼 생활했나요? 난 이해할 수 없어요."

그녀는 고개를 흔들며 말했다.

"그것은 작품의 소재를 찾기 위해서였소. 직업 도박사들은 항상 나의 흥미거리였소. 작품을 쓰기 위해 나는 잠시 동안 그들과 어울려 지낼 필요가 있었던 거요. 그들의 생활을 실제로 경험해 보기 위해서 말이오. 그래야 좋은 작품이 나오지 않겠소?"

"당신은 철저히 나를 속였어요!"

멜리사는 화가 난 듯 소리치며 그를 밀어내려고 했다. 그녀의 눈에는 푸른 불꽃이 이글거리고 있었다. 그러나 그가 그녀의 몸을 더욱 힘껏 끌어안았을 때 그녀는 저항을 멈추었다.

"왜 나에게 거짓말을 했나요? 당신은 당신의 전처가 도박사라는 당신의 직업을 찬성하지 않았다고까지 말했어요."

존슨은 머리를 저었다.

"아니, 그러지 않았소. 나는 전처가 내 직업을 받아들이지 않았다고만 말했었소. 데니스와 내가 결혼했을 때, 나는 단편 작가로서 정말 곤란한 처지였소. 끼니조차 거르기 일쑤였지. 그래서 그녀는 모든 것을 집어치우고 새 직업을 찾으라고 성화였던 거요."

"그러나 당신은 그녀가 마치 도박사라는 직업을 싫어했다는 것처럼 말했단 말이에요. 왜 나에게 견실을 말할 수 없었나요? 당신이 도박꾼이 아닌 것을 알았다면 내 행동이 그렇지는 않았을 거예요."

"많은 사람들이 직업 작가도 직업 도박사만큼이나 위험하고 무책임하다고 생각하고 있소. 데니스 역시 나의 직업에 대해 그렇게 생각하고 있었소. 당신이 내가 도박사이더라도 나를 사랑한다는 사실은 나에겐 정말 중요한 문제요. 난 당신이 나의 직업이 무엇이든 상관하지 않고 나를 사랑해 주길 바라고 있었소."

존슨이 진지한 표정으로 말했다.

멜리사는 머리를 숙였다. 한 순간에 일었던 그녀의 분노가 순식간에 사라지고 있었다. 그녀는 다소 부끄러운 생각이 들었다.

"당신은 나를 시험했었어요. 나는 하마터면 그 시험에서 낙제점을 받을 뻔했군요. 조금 전에 나는 공항으로 향하고 있었어요."

"그러나 당신은 지금 내 옆으로 왔잖소?"

그가 만족스런 미소를 지으면서 그녀에게 말했다. 그의 손가락이 다정스레 그녀의 볼을 쓰다듬었다.

"떠나지 않겠다고 결심한 그 사실이 지금 이 순간 가장 중요한 것이 아니겠소?"

"그러나 또 알고 싶은 게 있어요."

그녀는 주저하는 듯 더듬거리며 말했다.

"만약 내가 오늘 떠났다면, 당신은 모든 것이 끝났다고 생각했겠죠?"

"아니오. 나는 곧바로 볼티모어로 당신을 찾아갈 예정이었소. 난 당신을 잃고 싶지 않았으니까."

"이젠 정말 당신 곁을 떠나지 않겠어요. 사랑해요, 존슨."

그녀는 그의 팔을 들어올리면서 그의 뺨에 자신의 볼을 비벼댔다.

"그 말은 나의 청혼을 받아들이겠다는 의미요?"

그는 한껏 밝은 표정을 지으며 물었다.

"물론이에요."

그녀는 속삭였다.

방 안은 오랫동안 침묵이 흘러가고 있었다. 그는 한참만에 그녀로부터 입술을 떼어냈다. 그의 눈동자에는 부드러운 열망의 불길이 일렁이고 있었다.

"우리가 결혼할 때까지 당신에게 여기 있으라고 내가 요청한다면? 그래도 나를 믿을 수 있소?"

"그래요. 절대 당신 곁을 떠나지 않겠어요. 잠시도."

그녀는 주저하지 않고 대답했다.

"정말 기쁜 일이군. 그러나 당신이 나를 믿고 있다는 것을 증명할 필요는 없소. 여기는 네바다 주요. 속성 이혼이 가능한 곳이란 사실을 알고 있소? 또한 우리를 위해서 속성 결혼이 가능한 곳이기도 하오. 우린 오늘 저녁에라도 당장 결혼할 수 있소. 아니면 내일이라도 말이오."

그녀의 두 볼이 장미빛으로 물들었다.

그녀는 솔직히 대답했다.

"오늘 저녁까지 기다릴 수 있을지 모르겠어요."

"당신의 대답이 정말 당신을 돋보이게 하는군."

그는 그녀의 머리칼을 두 손으로 감싸면서 활짝 미소를 지었다.

"당신이 그렇게 내 아내가 되기를 열망한다면, 우린 정말 행복한 신혼 생활을 오랫동안 즐길 수 있을 거요."

그는 그녀의 머리칼을 어깨 위로 빗어내리며 말을 이었다.

"그리고 난 도박사 생활을 이제 청산해야겠소. 우리가 노력한다면 우린 오늘 밤을 정말 멋지게 보낼 수 있을 거요. 그렇지 않소?"

"그럴 수 있을 거예요. 난 확신해요."

그녀가 활짝 웃으면서 대답했다. 그의 부드러운 입술이 그녀의 입술을 더듬었다. 그녀는 그의 이름을 숨찬 목소리로 부르고 있었다.

신조판 1쇄 인쇄 · 1998년 7월 7일
신조판 1쇄 발행 · 1998년 7월 10일
지은이 · 다니엘 스틸
옮긴이 · 박순주
발행인 · 박대용
발행처 · 도서출판 징검다리
주소 · 서울 마포구 합정동 426 - 1, 301호
전화 · (02) 3143 - 1966, 332 - 3880
팩스 · (02) 3143 - 2757
출판등록 · 1994년 4월 19일 제10 - 969호

ISBN 89 - 88246 - 04 - 7   03840
값 5,800원

❖ 잘못된 책은 바꾸어 드립니다.